夜不語

詭秘檔案705

Dark Fantasy File

鬼錢

夜不語 著 Kanariya 繪

CONTENTS

作者自序

寫這本書的時候，一直在和已經拖了很久的胃潰瘍做著艱苦的鬥爭。每天都只能吃稀飯，吃沒有味道的菜，胃袋一丁點肉都無法裝進去。作為將吃肉文化發揮到極致的「不吃肉就會死星人」，半年沒吃肉的心情，實在是完全無法形容。

沒有肉吃，身體就沒力氣，腦子也沒法思考。自己一邊忍受著強烈的胃痛，一邊還要帶不到兩歲的女兒餃子。只能在晚上女兒睡覺時，才能捂著難受的胃，坐到電腦前寫作。

有時候想著想著，都有種想哭的衝動。自己究竟為的是啥？

生兒育女的艱辛代價，總是能超出沒有生育時的想像。似乎每天都有繁忙的東西折磨著大腦，讓我無法思考、無法閱讀、無法安靜。每天每天我都在用慌亂中的瑣碎時間寫小說。有的時候，自己都不清楚，自己寫的究竟是啥。

人生的思考！人生的目的！人生……

彷彿人生便是一種循環。有時候我常常想，餃子長大後，終究還是會重複我在她身上付出的犧牲，一如我的父母輩那樣。

寫書的艱辛，帶寶寶的艱苦，生活的不易。無論從事哪種職業，跌宕起伏都會猶如潮水般湧過來，在一定的時間裡積累能量，最終海浪太大，於是把你捲入了海中。

有人爬起來了，有人，卻葬身在了海底。

其實寫這本書的序時，自己的心情是很低落的。希望，大家不要被序言的文字所影響，就當我在發牢騷吧。

只是單純的牢騷。

好吧，牢騷完畢。還是談談這本書吧，「錢墓」的靈感，源於一個很古老的故事。我前些時候特意開車去了那個古老墓葬群的所在地。那兒，離成都五個小時的車程，風景優美，氣候怪異。

山下有一個古色古香的老鎮。我揹著兩歲的餃子爬了四個多小時的古蜀國山道，爬到了山頂。墓葬群有千年的歷史，據說遭受過嚴重的破壞，內部也被盜墓者挖空了。墳塚，只剩下空殼。

哪怕是空殼，也蔚為壯觀，整個關於鬼錢的恐怖傳說，也正是挖掘自那個小鎮老人們的口中……

可惜由於自己最近實在太累了，胃痛，腦袋也痛得厲害，並沒有寫出整篇故事的精髓，甚至由於經常往來於醫院治病，寫得也挺匆忙。

所以，大家見諒。

希望，大家能喜歡。

那就這樣吧，下本書的序，再嘮叨！

夜不語

就哲學而言，人的真正價值在於對社會的貢獻。貢獻越大，價值越大。

就經濟學而言，貢獻的價值，通常都能用錢來衡量。

錢，是一種等價交換的貨幣。

有人說，錢，很重要。這關乎一個人在社會中的地位和生死的問題。有人說錢很俗，但是沒錢你更俗，錢是社會商品中最有用的東西。錢不是萬能，但沒錢是萬萬不能。因為我們是用錢來生活的，除了生活，錢有時候還能挽救生命，能延續生命。

不錯，錢確實很重要。重要到你無法想像。

經濟社會，總是有經濟社會的好處。所以在這個忙碌不堪，擁擠難受的時代，錢的重要性，越發的突出。

但是，當錢和你的命真的扯上關係時。究竟哪一方會比較重要，你，有想過嗎？這個世界充斥著為了錢不要命的故事。可是這些故事的本身，並不有趣。

最重要的是，錢本身，也並非很有趣。

好吧，這次我要講的是，一個關於錢的恐怖故事……

楔子

一九三七年十二月十日。

天氣晴朗，萬里無雲。戰火還未徹底燒入南京。但是炮火硝煙已隱隱傳進這座古老的千年城池。

全城人心惶惶，國軍更是節節潰敗，退入城內的傷員兵中，眼裡只剩無力以及絕望。

就在這天下午，一行十二個穿著藍色衣裳的軍人，簇擁著一位三十多歲的洋人，神神秘秘的走入中華門下一座不起眼的小樓中。

其實緊挨著中華門的城牆，一直都有無數古舊的小樓。而他們進入的這座小樓不但破敗且極不起眼。

明眼人看到那行蹤詭異的藍衣國軍紛紛一愣，什麼話也不敢說，只是恐懼的低下頭。原因很簡單，藍衣軍，只存在於傳說之中。據說他們是民國士兵精銳中的精銳，只接受蔣介石蔣委員長的調派。也是世人紛紛猜測的，屬於蔣介石一個人的敢死衛隊。

可是這樣的一支部隊，為什麼會在日寇攻擊最激烈的時候，出現在偏僻的中華門樓腳下，還隱隱護衛著一位洋大人呢？

「門關緊！」洋人進入小樓後，說了一句極為地道的南京腔。

「小炮子，刷括點！」敢死衛隊中一個隊長模樣的人尊敬的點頭後，示意自己的一個手下將門關閉，死守。

其中一個手下聽到遠處傳來的炮聲，耳朵一抖，滿臉不樂意，小聲嘀咕著：「武隊長，你說白總隊長派我們來究竟是為了啥事？我們一陣隊精英不去暗殺日寇的軍官，反而跑來保護一個洋鬼子！」

「噓，小聲點。蔣委員長已經離開南京，唐將軍既然讓白總隊長派我們來，自然有他的道理！」這群敢死衛隊隊長叫武鳴，和總隊長白世維一樣，同是旗人後裔，黃埔軍校七期畢業，又是軍統著名殺手，精通武術刺殺。為人也冷靜、機智。

就因為他這份穩重勁兒，才會被唐生智將軍看中，親自點名派來執行這趟神秘任務。如果不是因為白世維有別的任務，這一趟他肯定會親自來。

可想而知，這一次的任務對國民黨而言，究竟有多重要！雖然除了那位洋大人外，這次任務的目的到底是什麼，其實這隊敢死隊，包括隊長在內，誰也不知道。但唐生智嚴令，就算他們這隊人死光，也要保這神秘兮兮的洋人的命。

小炮子用後背將門堵死後，一行人都沒有再開腔。

三十多歲的洋人掃視了小樓裡的擺設幾眼。這小樓長期無人居住，已經破敗不堪。地上滿佈灰塵，能夠拆掉的木頭被當地居民拆了扛回家當作柴火，整棟屋子，也只剩下了拿不走的石頭磚牆和那扇還算完好的大門。

樓或許是明朝時用來讓守護城牆的官兵入駐的，民國時城牆在炮火中作用不大了，也就荒廢了。

這麼普普通通的荒廢石樓裡，究竟藏有什麼？為什麼會讓唐將軍、甚至是蔣委員長如此看重。這位南京腔比自己還好的洋大人，又是怎麼回事？

隊長武鳴疑惑重重，但是穩重的他，絕對不會開口問。軍令如山，既然要他用命去保護這位洋人，那麼就隨時把命準備好。

洋人的話也不多，他顯然在南京城已經待了許多年。這傢伙順著屋裡的牆根走了幾圈後，居然從懷裡慎重的掏出了一個古舊的羅盤來。

那個羅盤泛著黑得透亮的青銅色澤，很有歷史沉澱感。一看就知道是老東西。武鳴下意識的看了一眼，羅盤上密密麻麻的佈滿了玄奧的文字，像是小篆，但更像鬼畫符。

看久了，他的頭頓時一陣發痛。

「果然有古怪！」武鳴不敢再多看下去。

羅盤掏出來後，不知道是不是心理作用。整個房子顯得陰冷起來，彷彿無數的冤魂陰風在刮個不停。

而羅盤上的指針，更是搖晃不定，一會兒指著東面，一會兒撞著西邊。洋人嘴裡念念有詞，彷彿在說千錢墳、錢幣之墓什麼的零零碎碎的詞彙。

洋人在房子裡順著羅盤的指針走來走去，看著一個西方面孔拿著中國道士跳大神的堪輿羅盤跳來跳去，實在詭異極了。

敢死衛隊的一行十二人頓時看傻了眼。

用背抵門的小炮子瞪大眼睛，傻傻道：「那傢伙在幹嘛？」

「鬼曉得。」一個四川來的隊員同樣百思不得其解，「像是我們四川的鬼跳牆，莫不是這地方鬧鬼，這洋老外來驅鬼的？」

「蔣委員長怎麼可能在這當口派我們敢死隊用命保護一個洋人來驅鬼。何況，這前不挨村後不著店的爛房子，又不是蔣委員長住宅。就算有鬼，也用不著驅。沒瞎理！沒瞎理！」另一隊員搖頭，表示洋人絕對不會是驅鬼。

還是一位南京本土的隊友曉得些狀況，「這洋人據說叫安科．沃爾德，是個希臘人。在南京城有些名氣，說是學啥博物學的。知識淵博得很，蔣委員長前段時間慕名拜訪過他。不知這傢伙跟蔣委員長鬼扯了些什麼東西。」

說到這，羅盤的指針終於停了下來。它沒有指著東南西北，反而詭異的指向地面下。

安科．沃爾德不由得大喜，「果然底下有東西！」

他隨手找來一顆石頭，在地面上畫了一個棺材大小的形狀。

「挖！」洋人下令道。

敢死衛隊一個個扣著腦殼，掏出早就準備好的鏟子，兼職當起民工來。

由於地上全是修城牆剩下的石頭磚，挖起來很麻煩。叫安科．沃爾德的洋人反倒不急了，他心情很好，優哉游哉的道：「你們中國人好奇心重，難得到現在還能壓著好奇沒問我究竟準備要在這裡幹嘛。」

所有人都白了他一眼。

洋人頓時大笑起來，「我倒是要告訴你們。你們蔣委員長和我的目的，其實都是一樣的。這個世上，幹什麼都需要錢。打仗要錢，讓一個國家崛起也是需要錢。國民軍打不過日本人，就是錢不夠。錢夠了，日本人早就被打退了。」

武鳴對這奇怪洋人的話，有些不以為然。

「錢在哪裡？」洋人興致來了，話也多了，「錢就在你們腳底下。如果那東西真的在這牽引羅盤指的位置，那麼，你們國家就有救了。而我的國家，也能永恆崛起，恢復千年前的榮光了！」

敢死衛隊聽到這，總算是稍微明白了一些。敢情這次機密任務的重點，就是搞錢啊。可城樓下哪裡來的錢？還是說，這下邊有一個驚世大寶藏？

身為南京本地人的幾個隊員，也沒能想清楚。南京寶藏的傳說挺多的，可從未聽說有哪個埋在中華門樓之下！

花了一下午，直到夜色偏濃，這行人才將那棺材大小的地方挖開。樓下兩公尺處，居然真的挖出一個深邃的洞來。

那洞漆黑一片，就算是火摺子扔下去也看不到底。真不知道究竟有多深。

「繩子！」洋人又是一陣大喜。

隊員們綁好繩子，將其中一段扔進洞中。那洞猶如吃人的大嘴，看得人不寒而慄。

「下去。」洋人再次發話。

隊長武鳴冒著發麻的頭皮，壓抑住內心的恐懼，率先下去了……

三天後，一九三七年十二月十三日，震驚世界的南京大屠殺的第一天。那一天，只有極少的人知道一件事。

有個洋人灰頭土臉，一臉恐懼的從南京城的某個下水道鑽了出來。誰也不知道他究竟經歷了什麼，這傢伙只是魂不守舍的跪在地上，就那麼愣了許久。

直到日本人拿著刺槍差點將他一刀刺死，這洋人才回過神來，嘴裡大叫道：「住手！我是歐洲人，我是希臘人！」

洋人的眼睛看著刺刀逼近，卻絲毫沒有在意。他嘴裡喃喃說：「該死！下邊居然沒有那東西。該死，該死，那東西究竟在哪兒！」

「難道，真的在那地方？」

他的視線偏了偏，朝中國內陸的西南方，瞅了過去……

第一章　邪惡的邀請

博物學中有一個關於人類心理的價值觀，叫做不可替代價值。說的是一個人竭盡全力為自己的目標奮鬥的階段，也是精神上感到最正常、最安定的階段。那時你會合理規劃自己的人生，讓生命運作的每一個過程都有價值。即使世界上誰都不承認你，你的生命和你的家庭也會視你為棟樑，你是不可缺少的，而生命最大的價值就會因此而「不可缺少」和「不可代替」。

一個人處於不可替代時，往往也是最幸福的時候。

不過在眼下的希臘，大概也是最缺少不可替代價值觀的時候。前幾天希臘的債務危機公投結束後，世界許多人類學者、社會學者、經濟學者都紛紛湧入這個千瘡百孔，有著所謂高福利養懶人的國家。所有人都將其視作現代一種人類行為學上最經典的案例來研究。

我的博物學老師，那個叫做柯凡森的德國老學究當然不會錯過這麼有趣的事情。在德國基爾大學跟著這位足足有八十多歲高齡，身體還無比硬朗的知名博物學者學習近三年，自己早已經成為了他的得意門生。

如此有趣的、瀕臨崩潰的國家。柯凡森老師自然以教學的名義，騙了一大筆經費，帶著我從德國飛了過來。

同行的，還有一位比我小一丁點，長著一頭火紅頭髮，臉蛋漂亮小巧的荷蘭小妞比勒爾．雪珂。這位小姐在荷蘭可是大有來頭，據說和荷蘭皇室有著什麼說不清道不明的血緣關係。不過最出名的還是她的智商。

雪珂從小就是神童，她最崇拜的就是知識博學的老學究柯凡森。所以在幾次跳級後，以十三歲的年紀，考入德國基爾大學，直接拜入博物學家柯凡森的名下。其實雪小妞早已經能以博士的身分畢業，但這小妮子，老是聲稱學的還不夠，吊著柯凡森老師僅有的弟子名額之一，死都不鬆嘴。

讓人不得不懷疑，她是不是童年缺少父愛，把老師當戀父情結的對象了。

最主要的是，不知為何，臭丫頭也最看我不順眼。

好吧，好吧，總之每個故事開始之前，都要照例自我介紹一番。我叫夜不語，一個有著奇怪名字，老是會遭遇奇詭事件的憂鬱少年。二十二歲，未婚。本職是研習博物學的死大學生，實則經常曠課，替一家總部位於加拿大的某個小城市，老闆叫楊俊飛的死大叔打工的偵探社社員。

這家偵探社以某種我到現在還不太清楚的宗旨和企業文化構成，四處收集著擁有超自然力量的物品。

飛機盤旋在雅典國際機場上空，從空中俯瞰整個城市，雅典古老滄桑的氣息向上撲來，煞為壯觀。城市規劃沿襲千年以前的風采，螞蟻盒一般的汽車來往在新修的公路上，並沒有看出哪裡有衰退的跡象。

雪珂低垂著頭，將一本極厚的博物學書籍放在膝蓋上。由於飛機要降落了，機上的人也開始熱鬧起來。她無視噪音，無視轉圈的離心力，仍舊看得津津有味。

如此學習努力又有天賦的女孩，果然是世間少有的優良學生。難怪一向不收徒的老學究會收她為這輩子的第一個徒弟。

博物學由於涉及很廣，什麼都需要研究。所以哪怕是奉行現代主義學習體系的大學，在這門複雜的學科面前，還是要講究傳承的。在頂尖博物學界，一般的學生，只能稱呼老師為導師。只有真正的徒弟，才能稱柯凡森為老師。

這種稱呼，至今只有兩個人有資格。第一是書呆子小美女雪珂。第二個，就是我了。其實，囉嗦了這麼多，主要是為了襯托我的聰穎不凡，順便得意一下。

等飛機停穩，我們一行三人走了下去。

雅典街頭似乎不怎麼能看得出經濟危機帶來的影響，但是街上掛滿的希臘國旗以及遊街慶祝公投結果的希臘民眾，從他們興奮的臉上，倒是能看出隱藏著的惶惶不安。

「老師，希臘公投的結果，明顯是錯誤的。因為明眼人都能看出，這會使希臘陷入更糟糕的境地。可是為什麼他們會這麼開心？」似乎是覺得周圍太吵了，走出機場都還在認真看書的雪珂不滿的皺了皺小眉頭。

沒等柯凡森老師回答，我反倒先開了口：「不一定哦，雪丫頭。」

這面癱書呆子經常和我吵嘴，於是我幫她取了個報復性的中文綽號。雪丫頭在國內的西南地區某些小地方，指的是性冷感，會孤獨終老的滅絕師太。雪珂雖然精通中文，但顯然不懂方言，還覺得這個綽號挺好聽的。

她扶了扶碩大的眼鏡框，長長的睫毛撲閃了幾下，「夜不語先生，我不知道你的社會學是怎麼修學分的。很明顯，希臘的經濟肯定會在隨後的半個月內崩潰。」

「崩不崩潰，那是經濟學家的事情。但是小夜的話，也有一定道理。」柯凡森老師帶著我們上了一輛早已等候許久的接待車。

這輛車是希臘某所學校特意派來迎接老師的。作為學術界的翹楚，柯凡森老師值得世界上任何學校尊敬以待。

朝接待員點了點頭後，老師充滿微笑的看著我，「小夜，把你的想法，說出來。」

「群體意識以及個人意識，知道吧？」我問雪珂。

雪丫頭點了點腦袋，滿頭的紅髮隨著車外吹來的風亂舞。

「那就好解釋了，其實希臘公投在人類行為上，是最聰明的行為。」我用手敲了敲椅背：「人類是群體生物。群體意識大於個體意識。雖然說每個人都在追求獨立性和自我性，但是人離開了別的人，其實根本無法生存。而且人類學家，就此做過一些實驗。」

我看了老師一眼，老師示意我繼續說下去。

「牛的體重，在很大程度上，都無法用目測來判斷。哪怕是經驗豐富的養殖者。」我於是繼續道：「去年在西班牙，做了個實驗。鬥牛的拍賣場上，學者讓五百名遊客猜測十隻鬥牛的體重。而與之相對的，他們也讓牛的養殖者和專家幹同樣的事。

「理論上而言，養殖者應該更清楚自己的牛到底有多重才對。專家贏面也相當的大。但是結果卻出乎所有人意料。等五百名遊客在紙上寫了十隻牛的體重後，計算人員把每一個人對每一頭牛的結果相加，再除以人數。得到的數值，居然跟牛的真實體重，只差兩公斤而已。但是專家和養殖戶對牛體重的猜測，卻足足偏差了二十幾公斤。

「同樣的事情，紐約證交所也幹過。他們在社群網路上，讓一萬名市民猜測明天的股票漲勢。而十大股票經理人也同樣做了猜測。結果，作為專家的股票經理人完敗。社群網路的市民猜對了百分之九十的股票參數。」

我看向車窗外的希臘民眾，「這就是群體的力量。猜牛的時候，有人開玩笑的寫某隻鬥牛有一百噸，也有人說鬥牛只有幾十公斤。可是當群體的力量彙集在一起，就會完成這道不可能的加減題。而且人越多，得到的答案越準確。個人的結論，反而不值一提了。」

「所以，希臘的公投，是群體意識的顯現，也是最好的結果？」雪珂皺了皺小眉頭，有些不能接受，「你這是在抹殺個體意識和自由意志。」

我輕笑起來，「人類，根本就沒有什麼所謂的自由意志。全都是幻覺。」

「你、你這是詭辯。」紅髮的雪珂怒瞪我，正準備闡述自己的觀點，可是車後邊猛地傳來了一陣掌聲，打斷了我倆的爭論。

「這兩位就是柯凡森教授的高徒？」一個七十歲左右的歐洲老頭一邊拍手，一邊從車後往前走，「果然是名師出高徒，很有趣的論調。」

這個老頭很有精神，全身洋溢著一種儒雅的感覺。書籍本就是人類的靈魂體現，書讀得多的人，給人的印象，也是不一樣的。小老頭湊過來，先是讚揚了我和雪珂，然後扶了扶眼鏡，準備和老師握手。

「我來介紹一下。這老不死叫沃爾德。」老師聳了聳肩膀，對這小老頭一副愛理不理的表情。對他伸過來的手更是裝作沒看到。

我和雪珂都有些驚訝，「您就是沃爾德教授。」

沃爾德教授在歐洲是鼎鼎大名的民俗學專家，對世界各地的民俗都很有研究。其中對古中國和古印度的文化更為專精。

但是柯凡森老師跟他，據說是死對頭。看到兩個老傢伙一見面就準備對掐的模式，想來那傳聞不假。

沃爾德的儀態很得體，優雅的將沒有著落的手收了回來，一丁點都不尷尬。

這輛不算舒適的商務車從機場駕出後，一路沿著詭異曲線行駛。作為已開發國家，希臘的建築總是不合理的破舊。給人骯髒和蕭條的不舒服感。

哪怕是市區，路上都總能看到很多爛得有些過分的房子，完全沒辦法和哪怕是亞洲的許多未開發國家的新興城市相比。

當商務車拐入一條小巷後，糟糕的感覺更加嚴重了。彷彿一下子穿越到了印度，雜亂、喧囂、道路不平。這條小巷的兩側甚至佈滿了雜貨鋪和商店，其間遊走著無數騎摩托車的市民。

司機一邊使勁的按喇叭，驅逐著兩側完全不按照道路安全規則來行駛的摩托車，一邊用帶著口音的希臘語罵罵咧咧。

我不由得皺了皺眉頭。記得這次的接待方是薩洛尼卡大學。本來我們一行人是準備直接飛往希臘第二大城市薩洛尼卡的，可是根本沒辦法買機票。由於希臘的債務危機，那個城市的大部分飛機，居然停飛了。

還好希臘挺小的，柯凡森老師的身子骨也硬朗，所以才折衷計劃在雅典下飛機，坐接待車去薩洛尼卡。

不過，從車行駛的路徑而言，似乎連方向都反了。

「沃爾德，你準備綁架我嗎？」平時老師是很有涵養的，臉上總有樂呵呵的平靜表情。可是面對死對頭，他就沒那麼多耐心了。

「就你這幾斤老肉，綁了也不值錢。」沃爾德教授笑嘻嘻的，和我以及雪珂東拉拉西扯扯，眼看老師就快要暴怒了，這才道：「由於政府大幅調降大學的經費，薩洛尼卡大學的現金嚴重不足，恐怕沒辦法接待你了。所以我，我老好人沃爾德！」

沃爾德指著自己的老臉老皮，「準備私人邀請你們去我的古堡玩幾天。」

「你有那麼好心。」都是千年的狐狸，老師也不簡單，他嗅出了某種不太對勁的味道，「薩洛尼卡的莫莉怎麼沒通知我？」

「前幾天忙著公投呢，希臘人現在可沒幾個人有力氣處理氣焰囂張的德國佬的事。」沃爾德笑道：「不信你現在把臉湊到窗外去大喊老子是德國佬，看有沒有人把這輛車給掀了！」

「算了，送我回機場。」柯凡森老師擺了擺手。

「現在回去也找不到航班了。總之你們這些閒人都是跑到希臘來看熱鬧的，在哪裡看還不是看，還是我家的古堡舒服。」沃爾德見死對頭準備走，連忙湊到他耳邊，低聲說道：「我的古堡裡可是有初版的《莫德桑理論》，可以借你看看。」

我豎著耳朵，倒是聽清楚了他的低聲細語。心裡不由得大震。《莫德桑理論》是經典的博物學傳世神作，傳說是達爾文和幾個同僚合著的，少有人知道。

老師聽了後，顯然也被誘惑了。躊躇了幾秒鐘，這才點頭，坐回座位上沒有再反對。

車一路前行，出了雅典後，順著國道開了許久許久。直到天色漸晚後，我們才到達沃爾德的古堡所在的村子。

我看了看村口的標誌，居然是馬古拉村。這個村子在前些年發生了森林大火而聞名歐洲，許多人被迫背井離鄉。沒想到才五年而已，離開的人已經回來了，而且將村子修建得更加有特色。

人類的恢復能力，永遠比人類自己本身，更加的可怕。

沃爾德教授的古堡就在馬古拉村的北邊山崖上，背後便是莽莽叢林。由於地勢很高，甚至能透過森林看到深處碧綠的小湖泊，非常漂亮。而古堡本身，大約也有幾百年歷史，聳立在崖口，壯觀無比。

「沃爾德這老東西，他們祖上一直都是希臘貴族。這棟古堡裡好東西可不少。」柯凡森老師捋了捋鬍子，在進古堡前，突然壓低了聲音：「別看這老傢伙人模人樣的，壞主意絕對不少。我搞不清楚他有什麼目的，居然捨得把初版《莫德桑理論》都拿出來借我們翻閱。都小心點，別被賣了還替他數錢。」

人年齡大了，總會疑神疑鬼。雪珂小妞顯然不以為然。這個吸收知識如狂的傢伙自從聽到《莫德桑理論》後，一直精神恍惚，恨不得快點將其捧在手裡仔細閱讀，將書頁上的哪怕是一個褶皺都印在大腦皮層上。

而老師雖然讓我們小心，但也琢磨沃爾德不敢幹什麼出格的事情。說不定是有事相求，只是礙於老臉不好說出口而已。

我反而是最機警的，由於種種詭異經歷的緣由，任何風吹草動，都能驚動我的纖細神經。

那沒有名字的古堡大門，猶如一口碩大的怪物，嘴巴大大的咧開。就在進門時，我整個人都愣了一下。

不知是不是錯覺，在左腳踏入大門的一瞬間，自己似乎聽到了一股陰惻惻，猶如指甲刮在玻璃上的聲音。

我打了個寒顫，但什麼也沒有說，只是繼續邁步走了進去。

作為歐洲文明的起源以及現代民主的發源地，古希臘的雅典城周邊，總是有許多老舊的古堡。老東西是有生命的，無論是藝術上，還是歲月上。

一個東西經歷了太多的年歲，就會像是活過來一般。許多盜墓者偷盜了古董後通常會發瘋，就是因為這個。老東西裡蘊藏了太多的信息，無法破解的人，總是會被那陳舊腐朽的氣息所薰染，於是精神出了問題。

古堡，作為人類的居所，更是如此。一代又一代人在古堡中出生，死亡。誰知道每座古堡裡，究竟隱藏著多少可怕的玩意兒。

我的視線一直打量著古堡的各處。希臘的古堡和歐洲的典型古堡並不相同，足夠長的歷史令它有著自己的雅典風格。

前邊柯凡森老師和紅髮雪珂步子邁得很快，進了大門後幾乎走馬看花，恨不得立馬坐進客廳中。我只得也加快了步伐。

大門內是一座碩大的中央噴泉，噴泉池上刻著希臘眾神的浮雕，眾神之王宙斯手握閃電，目光炯炯的站立在神殿前，神殿下方就是噴水口。

視線餘光瞟到了噴泉浮雕的我，眉頭又是一皺，總覺得這個噴泉，似乎有哪裡不太對勁！

沒敢多停留，就在沃爾德教授的帶領下，我們終於在天黑盡之前，進入了古堡的客廳中。

「怠慢大家了，先吃點東西吧。」沃爾德請大家在橢圓形的大餐桌前坐定，拍了拍手，一個穿著筆挺黑色管家服的管家從偏廳走進來，雙手推著一輛碩大的餐車。

柯凡森老師搖了搖腦袋，「我不餓。《莫德桑理論》呢？」

對學者而言，相對於吃飯，他們更看重知識的汲取。顯然雪珂丫頭也是如此，她的視線焦點完全不在食物上，而是書。

古堡的餐廳就在客廳右側，那偌大的客廳完全就是個龐大的圖書館。無數的書擺放滿了書櫃，煞是壯觀。這小妮子很快就看到了許多絕版古籍，經常沒有表情的臉都興奮得豔紅起來。

沃爾德拍了拍腦袋，「我都忘了你們的性子，不吃就不吃嘛。如今希臘經濟危機，我也沒錢請人，整個古堡也就只剩下一個跟了我一輩子的老管家。他會帶你們去書房的，你們跟緊點，小心迷路。」

這偌大的古堡，至少有六十個房間。如今只剩下兩個人居住，想想都覺得冷清，而且確實對於外人而言，沒有人指引，迷路的可能性非常大。

我也沒吃晚飯，雖然有點餓，但還忍得住。這個古堡，給我的感覺實在太怪異了。我不得不小心翼翼，還開始有些神經質起來。

「請各位貴客跟我來。」年老的管家點燃一根蠟燭，帶著我們朝古堡的內臟走去。自己沒有用錯詞，確實是內臟。老舊的古堡如同一個活物，在我的感官中，大門是嘴巴，客廳和飯廳是眼睛。而被燈光照亮的那碩長的走廊，就像是食道。

沃爾德沒有跟過來，他顯然覺得舒適的享受吃晚飯比招待老對頭更重要。典型的希臘人！

我們一行在黑漆漆的走廊中走了足足有五分鐘，才終於到達書房。

柯凡森老師與雪珂迫不及待的走了進去，而自己卻有些猶豫。管家耐心的在門口等著我。雖然自己疑慮重重，但是卻又沒有任何證據表明沃爾德教授會對我們不利。事實上，他除了跟柯凡森老師在學術上有些不對盤以外，在國際上的名聲都挺好的。

可不知為何，那股不太舒服的感覺，在進入了古堡後，越發的滋長茂盛。甚至自己的右眼皮都跳個不停。這可不是什麼令人身心愉悅的預兆。

「哇，真的有《莫德桑理論》。不只如此，還有這個，這個這個。哇哇，哇哇哇，荷蘭皇室的孤品藏書都沒有沃爾德教授的書多。」書房裡，紅髮的雪珂顯然是被震撼了。這個平時猶如臉部癱瘓的女子，沒有停歇的發出一連串驚訝聲。

她隨手將一本十分中意的書從書櫃上取下來，就此陷入了知識的海洋裡。

柯凡森老師也捧著初版《莫德桑理論》，他的手微微在發抖。老師很激動，作為學了一輩子博物學的學者，有生之年能看到博物學的聖經，簡直像是在做夢。

我一直保持著清醒。越是有誘惑性的東西，我越是清醒。

誘惑本身，就是帶著目的性的。沃爾德收藏著《莫德桑理論》，恐怕他不說出來，沒有人會知道。但是他卻告訴了老師，甚至還大方的拿出來供我們閱讀。

期間，真的像是個東道主般，熱情洋溢。

這怎麼想都不正常。他肯定有什麼目的。

絕對有目的！

可目的到底是什麼呢？

就在這時，自己突然想到了些東西，驚訝的一屁股從軟綿綿的沙發上跳起來。

「怎麼了？」見我一臉煞白，魂不守舍的模樣。柯凡森老師略微有些驚訝：「小夜，今天的你可不太像平時的你。」

「老師，雪丫頭，我們快離開這個鬼地方。」我見鬼了一般，大聲喊道。左手拽著老師，右手拉扯雪珂的胳膊。也不管他們樂不樂意，滿頭大汗的就朝書房外走去。

「夜不語先生，我書還沒看完。」雪珂抗議道。

我怒視她，「命都快沒有了，還看書。」

「怎麼回事？」柯凡森老師皺了皺眉頭。

「我有一種不祥的預感。沃爾德教授恐怕在準備一種人神共憤的東西。」我一時間也解釋不清楚。

作為至少藏書數十萬的古堡書房，這個書房極大。我們來到書房門前時，居然發現門緊緊的關著。

「打不開。」我用力扯門，門被鎖得很死。門板是橡木，光憑人力根本就砸不開。

書呆子雪珂扶了扶眼鏡框，突然愣了愣：「那是什麼？」

我抬頭一看，整個人都呆了。

門的正中央，居然用紅色的絲線掛著一樣東西。

是錢！

古錢！

怪模怪樣的中國式青銅古錢。

第二章　怨幣

在一座歐洲的古堡中，看到中國的古錢，而且是用紅色的繩子吊在門框上。作為中國人，到底有什麼感覺。這個如果非要形容的話，肯定會很複雜。

總之我震驚無比，大腦轉了好幾圈，這才努力反應過來。

「這枚古幣，和你們中國古代的錢幣，似乎不太一樣。」雪珂丫頭不愧是書呆子，狀況明明已經夠詭異了，她居然毫不猶豫的將古錢從紅繩上拽下來，拿在手裡仔細打量：「你看，不是圓的，反而像個人頭。」

古幣確實像極了人頭，有臉有鼻子，呈現貝殼狀。在微弱的書房燭光中，反射著冰冷邪異的光澤。

「這是一枚鬼頭錢。」我的眼皮猛跳了好幾下。

雪珂不太理解這三個中文字的發音，「龜頭錢？」

「是鬼，頭，錢。」我咬著牙齒矯正她，啥叫龜頭錢啊，聽起來太異樣了。

「的確是鬼頭錢。」柯凡森老師湊過腦袋，看了幾眼，判斷道：「這枚古幣仿海貝形狀，帶有文字，以銅製作。應該是古中國春秋時，楚國宰相孫叔敖下令製造的。」

作為博物學家，考古自然也是學科中的一門分支。

我點頭，「孫叔敖製造了鬼臉錢後，莊王嫌銅貝重量太輕，下令將小幣鑄成大幣，稱為鬼頭錢。老百姓卻覺得不方便，特別是商人們更是蒙受了巨大損失，紛紛放棄商業經營，這使得市場非常蕭條。

「更嚴重的是，市民們都不願意在城市裡居住謀生了，這就影響了社會的安定。孫叔敖知道後，就去見莊王，請求他恢復原來的幣制。莊王答應了，結果三天後，市場又恢復到原來繁榮的局面。至於這枚鬼頭錢，前前後後，只流通了不到一年。留存到現今的數量也極少。」

自己實在很意外，為什麼沃爾德教授會將我們關在古堡書房，又在書房門框掛著這麼一枚很異樣的中國鬼頭錢？他騙我們來古堡，究竟有什麼目的？

總有一股若有若無的危機感，遍佈全身。我見打不開門，於是仔細打量起書房的門鎖來。這是一把古舊的銅鎖，很結實，但是應該並不難打開。自己從身上摸出開鎖器，插入鎖孔中輕輕的套弄了幾下。

雪珂丫頭頓時瞪大了眼，「夜不語先生，亂開別人家的鎖，可不是紳士行為。」

「招呼都不打，把客人反鎖在房間裡，這也不是什麼紳士行為。」我回瞪她一眼。銅鎖雖然老舊，但是結構卻採用一百多年前鐘錶匠時代的特殊工藝，兩根開鎖器居然一時間奈何不了撞針。

「小夜，你是不是察覺到了有危險？」柯凡森老師看著我，「告訴我，你發現了什麼。」

我沉默了一下，這才開口道：「老師，進古堡門的那座碩大的噴泉，你注意到沒有？」

「很古老的噴泉，應該有幾百年歷史了。」老師回憶了一下。博物學這門學問龐大精深，所以對研究者本身的資質極為苛刻。如果沒有一般程度上的過目不忘的本事，學術研究不可能走得了多遠。

所以博物學家，通常都有很強的記憶力。

柯凡森老師老歸老，但是頭腦記憶比大部分年輕人都清晰。

「真的有幾百年歷史？」我一邊繼續緊張的開鎖，一邊反問。

「夜不語先生，我還記得。根據噴泉的外觀和設計，應該是鄂圖曼帝國統治下的希臘貴族，在三百年前修建的。」紅髮雪珂沒好氣的回答，顯然對我質疑老師而氣憤。

我眯了眯眼睛，「妳再仔細想想。噴泉的浮雕是希臘眾神，高聳的噴泉口上，眾神之王宙斯手持雷電，站立在眾神殿前。如果真的是鄂圖曼帝國統治下的希臘，宙斯，真的會站立於眾神殿前嗎？」

柯凡森老師和雪珂同時渾身一震。

「不錯，三百年前的啟蒙運動席捲希臘，那時候海上貿易興起。希臘人更信奉海神波塞冬。」柯凡森老師摸著下巴：「特別是雅典附近。我記得這座小村子是信奉波塞冬為諸神之王的地區之一，三百年前的海神波塞冬，應該站立於神王的位置上才對。」

「我就是察覺到了這個異常，所以才能判斷，噴泉是透過某種方法刻意使其陳舊。修建時間可能才不過五年罷了。」我的雙手不停，終於找到了鎖中隱藏的撞針。

雪珂丫頭還是不服氣，「就算如此，人家沃爾德教授只是重新裝修自己家而已，你憑什麼說他有惡意？」

「把我們反鎖在書房，還有那個我都不一定能找到的鬼頭錢。把我們騙入古堡，他的目的雖然我猜不到，但是說他真沒惡意，我才覺得有鬼。我們三個現在能不能活著逃出去，這都是個問題。」我對這小妞很不耐煩。家族的保護，令她不只有優越感，而且十分幼稚。

紅髮的雪珂還想嘴硬，老師擺了擺手，「沃爾德，肯定是在預謀什麼鬼東西。那個噴泉雕像，希臘眾神的排列很詭異，還有站在眾神殿前，手持雷電的宙斯。它的模樣，也讓我有點在意。怪了，到底我想到了什麼？為什麼會突然很害怕！」

「唉，老了，老了。」柯凡森老師用力敲了敲自己滿頭銀髮的腦殼，不住的嘆氣，「先離開古堡再說。」

就在這時，門鎖發出「喀嚓」一聲，終於被打開了。

我用力的推開沉重的橡木門，往外走了一步。只是這一步而已，自己整個人都被書房外的景象震驚得合不攏嘴。

雪珂和老師跟在我背後，同樣也驚訝得呆若木雞。

「這、這究竟是在搞什麼？」老師手都在發抖。

古堡沒有電，在來的時候沃爾德教授就為此解釋過。他說希臘經濟危機導致電力部門的財政預算縮水，所以對馬古拉村的供電時斷時續。

現在看來，那段解釋根本就是在預作伏筆。

他的解釋讓我們習慣了古堡中的蠟燭。但是那條猶如怪物食道的走廊中密密麻麻的蠟燭，無論怎樣的人類，都不可能習慣得了。

紅色的蠟燭，擺滿了幽深的地面。在沒有任何窗戶的走廊裡，每一根蠟燭，都散發著殷虹如血的光。

血光把走廊照亮。我呆滯的抬頭，只見每一根蠟燭的上空，都用紅繩掛著一枚古錢。那古錢和懸掛在書房門框上的鬼頭錢一模一樣，應該是同一批。

大量的鬼頭錢反射著青銅的光澤，彷彿每一枚鬼頭錢，都是一面蒙著灰塵的鏡子，吸納著無數說不清道不明，令人內心壓抑的負能量。

走廊中，不知從哪裡竄來一股涼氣。那寒意從皮膚直接吹入了心臟，讓血液幾乎凍結。邪惡的氣息如同固體，在四周凝結，我覺得自己完全動彈不得。哪怕用腳邁出一步，都需要渾身的力氣。

地球的引力，在這條曲折恐怖的走廊中，顯得更加的沉重起來。

該死！這是怎麼回事！

那麼多蠟燭，掛那麼多鬼頭錢，沃爾德教授到底是在玩什麼把戲？

我的目光聚焦在最近的一枚鬼頭錢上，突然瞳孔一凝。吃力的伸出手，用指甲輕輕彈向空中的鬼頭錢。

什麼聲音都沒有發出。這怎麼可能！明明是青銅鑄造的鬼頭錢，怎麼可能敲擊無聲！

「雪珂，把妳手裡的鬼頭錢，扔到地上！」我回頭，一個字一個字的艱難說道：「用力！」

紅髮的荷蘭小妞愣了愣，還好沒有跟我繼續唱反調，她聽話的將拽在手心中的鬼頭錢扔掉，緊接著，嚇了一大跳。

「沒有聲音，這怎麼回事？」雪珂和老師同時又吃了一驚。

古幣垂直的自由落體，掉在大理石鋪就的地面上。青銅和高硬度的石頭撞擊，居然任何聲音都沒有發出。這一幕太讓人難以置信了。

我的大腦混亂得猶如灌了五味瓶，什麼味道都有。果然如此，果然如此。這些鬼頭錢，絕不簡單。落地無聲的鬼頭錢，在中國幾千年的歷史中，似乎只有秦朝某一段時期出現過。

沒有聲音的鬼頭錢，叫做落幣。傳說是驅使鬼的一種冥幣。

沃爾德教授，究竟從哪裡弄來的這種中國人自己恐怕都不曾發現過的傳說中的落幣的？這可是全中國古幣專家的夢想啊。

一想到這兒，自己的心頓時沉入了谷底。

那個希臘佬，連落幣都有。他的陰謀絕對不小。何況，這些落幣帶來的強烈的怨氣以及壓力，彷彿只有我才能感覺到。老師以及雪珂只是有些茫然不適罷了，並沒有受到影響。

看來這次將我們三人引到古堡來，是早有預謀。沃爾德教授的目標根本就是我，他顯然是想借用門口噴泉上怪異的希臘眾神雕像，利用中國傳說中能夠操縱鬼的冥幣，完成某種儀式。

可是這麼大的手筆，為什麼需要我呢？我這個人高智商確實值得高山仰止，但是除了智商超凡脫俗、人帥得神鬼共憤以外，似乎就沒有什麼太顯眼的東西了。

他究竟想利用儀式，從我身上索取什麼？又或者，我本就是這個儀式必須的一個環節？

一切的一切都有太多疑點。

「扶著我，往前走。」我讓老師和雪珂將我架住，每走一步，我就吹滅紅蠟燭，扯掉那些模樣可怕的落幣。

落幣需要啟動，蠟燭和掛紅繩確實是招鬼儀式的其中一個步驟。無論他想幹嘛，先力所能及的破壞儀式，是現在最優先的選擇。

我們一步一步，走得很緩慢。但是卻堅持不懈的往噴泉的方向去。有一種預感，無論沃爾德究竟想要做什麼。儀式的中心位置，恐怕都是那座偌大的眾神噴泉。

古堡裡一個人都沒有，管家和沃爾德也沒在飯廳。

一行三人推開了客廳的門，噴泉終於出現在我們眼前。圍繞著噴泉，一叢叢人影手拉著手，正高唱著某種語調驚悚的歌曲。無數的人，有老有少，他們情緒激動，瘋了似的又叫又跳。

噴泉已經變了樣，浮雕中隱隱有一股旭光在反射。噴水口噴出的也不是水，而是某種黃色的液體。是汽油！整個空間都瀰漫著汽油的刺鼻味道。

「這些都是馬古拉村的村民？怎麼整座村子的人都聚集起來了？」雪珂有些害怕。暴露在瘋狂的群體面前的獨立個體，總會懾於群體的威脅。

出了古堡，我渾身不舒服的感覺，更加的強烈了。彷彿靈魂正被一股看不見的力量往外抽。

沃爾德教授站立在噴泉頂端的眾神殿前，他穿著黑色的罩袍，蒙著頭，用犀利的眼神看向我們。然後，他突然笑了，「歡迎我們來自東方的朋友，夜不語先生。沒有他的血脈，我們的儀式，不可能完成。」

我眉頭大皺，這啥意思。我有什麼血脈？怎麼連我自己都不清楚！

教授的手一揮，一大群村民湧過來，將我、雪珂和老師分開。他們倆被綁住，扔在地上。而我不知道該榮幸還是該恐懼，被特別對待了。村民將我關在了籠子裡，懸掛在噴泉頂端。

沃爾德的老臉，離我只有一個籠子的距離。

他笑嘻嘻的看著我，看得我渾身不住的發冷。這傢伙的眼神裡，充滿了瘋狂。那是一股邪教狂熱分子的瘋狂，他不在乎自己的命，更不在乎別人的命。

這傢伙，究竟有什麼目的？

「夜不語先生，我想你肯定有許多疑惑吧？」教授問。

我剛要點頭，這老混蛋居然悠然道：「放心，你的疑問，我一個都不會回答。仔細看著吧，儀式完成的時候，整個世界都會被我改變！」

說完，他的眼神越過我，頓時慈愛起來。他慈愛的看著噴泉旁的眾村民。

「我古希臘，擁有漫長的歷史。我們不該變成這樣的。為什麼我們需要遭受這種待遇，經濟崩潰、失業率高。沒有人能在這個國家找到適合的工作。甚至，現在銀行裡的錢，我們都無法領出來。」沃爾德教授舉起雙手：「不，我們希臘人受夠了貧窮。我們偉大的古希臘人，不應該遭受如此大的災難。這，是，我們的錯嗎？」

「不是！」轉圈的無數民眾抬起頭，臉上流露出恥辱。

「對，這不是我們的錯。都是該死的德國佬的錯，都是該死的世界的錯。」沃爾德教授跺了跺腳，噴泉上的眾神殿，頓時抖了抖。

四周不和諧的刺骨陰寒，更加濃烈了。

夜色低垂，背離古堡的天幕上，一輪血月正冉冉升起。

「在這裡的每一個人，一輩子都因為世界的錯，而遭受了不幸。他們沒有權利，德國佬更沒有權利，讓我們每一個希臘人，承受經濟崩潰的結果。」沃爾德教授穿著黑色的罩袍，眼神刺入深紅月色中。

「對，他們沒有權利！」眾人深深的呼喊著，狂熱無比，「我們向德國佬借的錢，早在納粹時期就已經還了。他們沒權利逼我們賣古蹟還錢。」

被捆起來的柯凡森老師咬牙切齒，「我操，這老混蛋什麼時候成立了邪教，還成邪教教主了。」

關在籠子中的我，更是摸不著頭腦。他希臘人受苦就受苦吧，咱是中國人，幹嘛非要把我給吊起來，還有變成獻祭品的趨勢。

沃爾德教授一邊用言語痛斥世界對希臘的不公平，一邊耐心等待頭頂月亮的移動。終於，當殷紅明月爬到了古堡頂端，將詭異森然的光芒，射在噴泉上時，整座噴泉頓時起了變化。

偌大的噴泉在震動，彷彿地底深處有什麼可怕的玩意兒想要爬出來。

月光下，希臘神話浮雕上，本來猶如幻覺的虛影，在我的目光中，變得更加顯眼了。無數虛影飄浮在空中，令人難以置信。

這，到底是怎麼做到的？全3D投影技術？

「希臘人民，我們必須要站起來。我們要逆天改命。希臘，需要我們的犧牲。需要我們來拯救。既然全世界都在剝奪我們生存的權利，那麼，我們就該將他們奪走的，全都搶回來！」沃爾德教授冰冷的表情上，目光炯炯，他又跺了一下腳。

噴泉四周的廣場，頓時從地面下移動出了許多繁複的圖案。圖案凹於地表以下，噴泉中的深黃液體頓時流入了凹陷內。

液體在流動，填滿了圖案的每個縫隙。

「重要的時刻，終於來了。我們要奪取原本屬於我們的東西，我們要讓殘破的希臘，恢復從前的榮光。我們要讓世界，為我們希臘所震撼。」沃爾德教授瘋狂的舉起雙手，他提高了音量，大喊道：「漫天奇光異彩，有如聖靈逞威。只有一千個太陽，才能與其爭輝。我是死神，是世界的毀滅者。」

在他聲音的流淌中，噴泉周圍的圖案被點燃。火星燎原，突然火焰彷彿活了起來，呈現出一個又一個離奇怪異的生物。

那些生物，令我有種不和諧的既視感。

「薄伽梵歌！明明是邪教，沃爾德老鬼幹嘛偏偏要唱薄伽梵歌？」我皺起眉頭。

腳下的圖案在火焰中成形，那些古怪的生物，並不屬於歐洲。看體型和樣貌，分明是中國的各種鬼怪。

一枚一枚的鬼頭錢，被村民撒在圖案中，在火焰裡遭到焚燒。可是這些青銅鬼頭錢越是被燒得厲害，青銅的色澤越是淺薄。最終，鬼怪的模樣居然被鬼頭錢散發出來的光色掩蓋，刺眼得很。

無數令人壓抑的氣息，在空間裡迴盪，似乎在尋找歸宿。

噴泉上的希臘眾神，噴泉口的眾神殿，都彷彿地震了般，顫抖得越來越厲害。

柯凡森老師的目光驚詫，「薄伽梵歌是印度教的聖經，如果沃爾德老鬼是想在希臘眾神身上做文章的話，幹嘛要唸印度聖經？還有那些中國的萬鬼圖……」

老師跟我一樣，對沃爾德教授弄出來的亂七八糟，東拼西湊的儀式給搞昏了。老師抬頭看我。

我和他對視了一眼，心中的不安感隨著儀式的進行，益發濃重。沃爾德教授是研究古中國和古印度的專家。他的行為絕對不會沒有來由。而且看現在天崩地裂的狀況，儀式確實正在召喚出某種超自然的存在。

他，究竟在召喚什麼？為什麼會有地上的萬鬼圖圍繞著希臘眾神？還有印度的梵歌，居然能加強空氣裡的邪惡氣息。

我仔細的觀察著地上的萬鬼圖。每一隻鬼手裡，都死死拽著一枚銅錢。而圖案中的鬼頭錢，每一枚都耀眼無比。

錢？為什麼非得是錢。

我突然渾身一震，大喊道：「柯凡森老師，沃爾德教授在進行早在秦朝就已經失傳的萬鬼運財術！」

「萬鬼運財？」柯凡森老師皺了皺眉，「薄伽梵歌，是印度教最早的，解釋自在、存在、元素、職責和時間，宣揚無我的行為等五大概念的真理典籍。其最終的影響，還直接導致了後印度時代貨幣的產生和推廣。」

「還有希臘眾神的雕像。普路托斯就站在眾神之王宙斯的一旁。他的雕塑，比神王宙斯還大！而普路托斯在希臘神話中，就是所謂的財神。」紅髮的雪珂也發現了古希臘眾神雕像的怪異之處。

我嘆了口氣，「果然和錢有關。希臘現在缺的就是錢，這個沃爾德老鬼是想借用古中國、古印度和古希臘，三大文明古國的古老儀式。將財運搬進希臘。讓現代希臘從破產的債務危機中解脫出來。」

沃爾德教授轉過頭，看向我，「不錯，我的教派成立於一百五十年前。我們所有人的目標，就是為了救我們的祖國，為了救我們的希臘。為此，我們不惜死去！」

「我們都不怕死！」噴泉旁的數百人，老老少少的聲音，彙集在一起。

我們三人的內心複雜起來，這個沃爾德教授，他的教派到底是宗教還是邪教，由於動機都是為了祖國，頓時變得難以評價了。

沃爾德的儀式，一刻不停的繼續進行著，「為了祖國，我們開始最艱難的那一步吧。」

「一切為了祖國！」噴泉中，深黃的液體膨起巨大的火海。所有的汽油都被點燃了。外圍的教派成員手拉手，唱著希臘古老的歌曲，一步一步的朝火海中走去。

邪教組織最常見的特徵之一，就是集體自殺。

落入火中的人，瘋了般，就那麼被火焚燒。無論多痛苦，上至八十歲的老朽，下到十二三歲的男孩女孩，居然沒有一個人大叫。每個人，居然就這麼安安靜靜的，被焚燒成灰燼。

這究竟需要多麼可怕的執著？還是說他們全嗑了藥？

「一切為了祖國！一切為了希臘！」站在噴泉頂上，眾神殿裡的沃爾德教授，一邊高呼，一邊從背後抽出一把鋒利的刀，朝我走了過來。

「夜不語先生，萬鬼運財術，需要你的血。」他笑呵呵的。泛著冰冷的刀身，倒映著他的瘋狂，「委屈你了。雖然你是中國人，但是能夠為偉大的希臘崛起而貢獻生命，相信夜不語先生你會感到榮幸的。」

「榮幸你妹啊。希臘又不是老子的祖國！我幹嘛要為希臘人民的富有而拋頭顱灑熱血，你不知道中國人最恨別人比自己有錢啊！」我大罵，不停朝後退，「而且，萬鬼運財術需要找一個最有財運的幸運兒來獻祭。我一直都很窮酸！閣下，你找錯人了。」

沃爾德教授的笑，寒入骨髓，「那可由不得你，夜不語先生，您今天是死定了！」

他用刀使勁朝我刺過來，籠子很小，避無所避。就在我以為自己真的是沒救了的時候，異變突生！

整個世界似乎都在發抖。希臘眾神的虛影本來龐大無比，可噴泉周圍的萬鬼圖卻因為無數鬼頭錢中發生的異變而產生了巨大的轉折。

無數鬼一般的虛影在空氣中亂竄，啃咬吞噬著希臘眾神的榮光。很快，那些希臘眾神雕像就模糊起來。

「怎麼可能，這，怎麼可能！」沃爾德教授瘋了似的面露驚駭，再也沒時間顧及我。

我撇撇嘴，「很明顯，你是被誰給坑了。到底是誰說需要我的血脈來開啟什麼萬鬼運財術的？這世界沒有鬼，自然也沒有神。現在發生的一切，肯定是給你鬼頭錢的傢伙做了某些手腳……」

「你給我閉嘴！」希臘眾神的雕像在崩塌，連帶著，噴泉上的眾神殿也出現了裂痕。沃爾德教授話還沒說完，就失足從噴泉頂端跌了下去。

我一把拽住了他。

「告訴我，究竟是誰坑了你。是誰讓你綁架我，進行這種缺德的邪教儀式的？」

我急迫的問，坑了沃爾德教授的傢伙，明顯有針對我的嫌疑。

可是針對我的傢伙，他們是誰？究竟又想要幹什麼？

「咳咳。」沃爾德教授看著我，「沒想到，真的是被騙了。坑我的傢伙，是一個古老的勢力。它們的名字叫……」

我正等著下文，沃爾德老頭居然不說了。

「我不會告訴你的，既然希臘的經濟就要崩潰了，我為什麼要讓你好受。我要讓這個謎，永遠哽在你們卑鄙的中國人的喉嚨口，像是一坨肥肉，吞不進去，也吐不出來。哈哈，哈哈哈哈！」教授撥開了我的手，從空中落入了火海，很快便被高溫燒成了灰燼。

我瞪著眼睛，死死地瞪著。這個老混蛋，死了都擺我一道。

古堡在巨大的震動中逐漸崩塌。噴泉旁所謂萬鬼運財的圖案已經將希臘眾神的虛影吞噬得一乾二淨，它們飛了起來，在空中互相攻擊。猶如煉蠱似的，最終只剩下一個。

那最後留下的，燃燒著青銅光澤，模樣恐怖的龐大虛影。以飛一般的速度，印到了我的背上……

第三章　詭異的乘客

心理學上有一條著名的定律叫做「不值得定律」，其最直觀的表述是：不值得做的事情，就不值得做好。

不值得定律反映出人們的一種心理，一個人如果從事的是一件自認為不值得做的事情，往往就會敷衍了事，因為就算成功了對人來說也沒有任何意義。

沒意義，自然也不覺得有多大的成就感。

我趕到耳城前，就覺得這一趟有些不值得。

因為偵探社社長老男人楊俊飛，居然要我去一個普通的家庭，調查一件發生在某個小學生身上的詭異事件。自己最近被沃爾德教授的事情搞得焦頭爛額，臨時接到案子，十萬火急的前往一個偏南部的小城市，心情自然很差。

心情不好，做事當然也就相當的敷衍。

扯遠了。來到耳城所屬的地級市時，又是午夜。頻繁的調整時差讓我極度不適，摸著有些發痛的額頭，將就著在機場住了一個晚上。

這個機場離耳城至少有八十幾公里。自己還得找車前往。

躺在機場冰冷的椅子上，我看了看手錶。午夜四點剛過，離天亮還早。市內的空氣極為渾濁，最近由於聖嬰現象的影響，國內的氣候十分異常。地級市的夏天本應該極熱的，可現在卻陰雨綿綿，氣候也挺涼的。不過這種涼爽，讓人十分的不舒服。

哪怕還沒真正的走出機場，可室外的空氣，還是依稀令我難受。濕答答的如同無數蛞蝓在身上爬來爬去。

機場猶如一個小社會，無論什麼時刻，都有許多人來來往往，從這個城市，飛往另一個城市。我不太睡得著，乾脆就那麼躺在椅子上，一邊看身旁匆匆走過的人群，一邊睜開眼睛，將思緒放空。

就這麼過了幾刻鐘，突然一個形跡可疑的人，引起了我的注意。

那是個男人，大約二十多歲，他臉上的表情十分焦急惶恐，但又努力的想要將自己的情緒壓下去。這個男性提著一個碩大的蛇皮袋，但是袋子扁扁的，並沒有放太多東西。

所謂地級市，人口本就不算太多。午夜趕飛機的人也就更少了，偌大機場裡，空間充足。可是這男人走路搖搖晃晃，精神也不集中。哪怕隔了十幾公尺，居然還撞在別人身上。

「你幹嘛！」被撞的是個四十多歲的男性，男人狠狠地瞪了他一眼。

男子怯懦的縮了縮脖子，沒有封口的蛇皮袋中的物件散了一地。他一邊連聲道歉，一邊趕緊趴在地上，將袋子裡的東西收攏進去。

「格老子，小心點！」被撞的男人哼哼了兩聲，或許是急著去趕飛機，沒有太追究。一邊小跑著往前走，一邊拍了拍被弄髒的衣袖。

二十多歲的青年收拾完自己的物品後，沒有急著走。只是站在原地呆了好幾分鐘。他的古怪形跡似乎也引起了機場人員的注意。機場人員走過來，盤問了他一陣子，又檢查了他的行李。

實在是查不出古怪後，這才一臉疑惑的離開。

年輕男子掏出自己的機票看了看，臉上掙扎猶豫的表情更加明顯了。他沒有走入登機門，就那麼在距離登機門最近的位置上坐了下來。

過了半個小時，一架飛機起飛了。

那架飛機起飛沒多久，整座機場忽然響起刺耳欲聾的警報聲，嚇得我整個人都跳了起來。這個地級市的小機場，哪怕在等待室都能透過玻璃窗看到起飛飛機的狀況。

只見天空中有一架飛機盤旋著正在降落，降落得極快。機場中許多工作人員都在尖叫，機場警察和消防員紛紛迅速的朝停機坪奔去。

停機坪亂成了一團。

飛沒多遠的飛機，順利的降落回地面上。機上一大堆乘客蜂擁著從充氣滑梯往下跳，湧入候機室後，大部分人仍舊驚魂未定。

每個人，似乎都受到了極大的驚嚇。

「出什麼事了？」好奇心本就很旺盛的我，站起身，湊到嚇壞了，堅決不願再上飛機，準備打道回府的一些乘客周圍。

一大群乘客用力搖著腦袋，甚至還沒有從驚恐中恢復說話功能。能說話的，只剩隻言片語，自己也無法歸納出語言結構和情節。

我皺了皺眉頭，將手機打開，搜尋當地的社交網站。頓時微博上一大堆關於這次事件的信息跳了出來，圖文並茂，詳細得很。

剛剛降落的飛機上，一個十幾歲的年輕男孩用文字和影片將一切都記錄了下來。他說，第一次坐飛機，好屌。興奮得要命。飛機起飛後不久，這不守規矩的傢伙就偷偷摸摸的拿出手機東拍西拍。

一不小心，拍到了一個四十多歲的中年人。

中年男人就坐在他附近不遠，額頭上一直在冒冷汗，整個身體也抖個不停。臉色慘白，他的腦袋不停搖晃。少年偶然看了中年人的眼睛一眼，嚇得背脊立刻就有一股涼意竄了上來。

那中年人眼珠子往上翻，在眼眶中骨碌碌的轉得毫無規律。

「該不是要變喪屍了吧？」少年顯然是喪屍片看得有些多，他在影片中咕噥著，正準備告訴自己的老爸。

坐在中年人身旁的女性，也發現了異狀。她連忙伸手按了服務鈴，請空服員過來。但是沒等到空服員，中年男人已經顫抖著掙脫安全帶站了起來。

確確實實是掙脫，根本不是解開的。一個人要將安全帶掙脫開，究竟需要多大的力量？這景象嚇得少年以及中年人旁邊的女人尖叫起來。

站起來的中年人充耳不聞，他因為強行掙脫安全帶的緣故，明顯已經受傷了。血從肚子上不停的往下滴落。

男子在所有人的尖叫中，走到了飛機的安全門前，伸手打開。

然後在極強的風壓中，跳了下去……

影片就斷在這裡，之後是徹底的漆黑。可想而知當時的乘客有多恐懼和絕望。還好飛機順利降落，乘客中除了那個跳下去的中年人，也沒有其他人受傷。

不幸中的大幸！

我看完影片後，沉默了許久。視線悄悄的落到不遠處那個挎著蛇皮袋的年輕人身上。那個年輕人同樣在看手機，他似乎也看完了自己想要看的東西。本來就很蒼白的臉，頓時更加的絕望與慘白起來。

這個傢伙站起身，走出等候廳，推開機場的厚厚玻璃門。等來到一個垃圾桶前時，他的腳步停頓了一下。

年輕人掏出了口袋裡的機票，搖著腦袋撕掉，扔進垃圾桶中。

就在他準備搭車離開機場時，我一把拍在了他的肩膀上。

「兄弟，別忙走。」我面無表情的看他一臉驚愣的轉過身：「我有事想問你。」

年輕人強自鎮定，「問啥？我又不認識你，為啥要回答你的問題。」

「我說了一件事後，你肯定有興趣回答我。」我瞇著眼，「你剛才不是撞到一個中年男人嗎，你是故意的吧？我清清楚楚的看到你在中年男人的衣服口袋裡，塞了些東西。」

「本來我是不感興趣的。可是半個小時後，那個中年人搭乘的飛機被迫降落了。他還鬼上身般從飛機上跳下來。」我冷哼了兩聲，「你究竟塞了什麼？如果不說清楚，我就報警了。」

「你張口就誣賴人，我、我、我啥時候塞過東西了？證據呢？」年輕人急起來，他的臉上滿是焦躁，似乎是急著想離開。

「證據，我當然有。」我慢吞吞的掏出手機：「現在的手機就是方便，隨時都可以掏出來拍些東西。」

年輕人更急了，但感覺並不是害怕我，而是彷彿有什麼可怕的東西在追他。

「懶得跟你扯。」他突然從衣服口袋裡掏出一把粉末朝我扔了過來，我連忙警覺的後退，那粉飛揚的，好幾秒鐘才散去。等塵埃落地，那個年輕人早就不知去向。

我氣得狠狠踩了幾下地上的地磚。

蹲下身用手沾了一些粉末在手指上，居然是灰燼。那是黃紙燒過之後留下來的灰濛濛的灰燼。這一類紙張帶著特有的顏色和特徵，這點自己絕對不會判斷錯。

黃紙在國內的用途很多，但是用來焚燒的話，通常只有一種形式，那就是鬼錢！

年輕人為什麼會隨身帶著鬼錢的灰燼？他究竟在中年男人的口袋裡塞了什麼？是不是塞進去的那某種東西，令中年人神經失常，最終跳機死亡？

這一切，都是一個謎。

最令我在意的是，影片顯示中年人跳機前，手裡還緊緊的拽著某樣東西。

幸虧現在每支手機都帶著高解析度的鏡頭，所以我才能從影片中看到飛機的燈光下，中年人手裡死拽著的東西似乎隱隱散發著某種特異的光澤。

某種令我十分熟悉的光澤。

那光澤和前幾天在沃爾德的古堡中，那些鬼頭錢所散發出來的極為相似。

兩者之間，是否有關聯呢？那個故意朝別人口袋裡塞東西的年輕人，是不是真的將鬼頭錢塞入了出事航班中跳機自殺的中年男子身上？

我皺著眉頭，難以理解剛剛發生的一幕。年輕男子，為什麼要撕毀機票，而且一臉絕望？

希臘出現的鬼頭錢，又怎麼會同樣出現在國內的南部小城市？難道之間真的有某種冥冥中的聯繫？

一切的一切，將我的思緒攪成亂麻。自己總覺得哪裡有點不太對勁。心亂了，也更加無法繼續安然待在機場了，凌晨五點過，冒著夜色，我租了一輛車，朝耳城行駛而去。

□

耳城，是一個南方小城市。和中國無數個小城市一樣，並沒有太多特殊的地方。南方小城的特點，就是雨水多，一到夏天就開啟蒸籠模式。無論白天晚上，只要是出門，就跟在三溫暖一樣渾身充滿負面能量。

南方多小山，開著租來的車，一路順著省道在無數山脊中行駛，看著太陽從山頭上浮出來，將萬丈金光揮灑在無數的蔥蔥樹木上，其實挺賞心悅目的。

我一邊開車，一邊將車窗打開，把左手胳膊放在窗邊讓清晨的涼風吹拂進來。一時間，暈乎乎的腦袋似乎也不由得清醒了許多。

車道兩邊成蔭的柏樹很是古老，每一株都有成百上千年的年歲。

朝霞透過山澗射在古柏上，將地上的影子拉長，猶如一席血染的手爪。本來挺賞心悅目的景色，不知為何，卻看得我猛地打了個寒顫。

心裡，有種不祥的預感。似乎這一次去耳城，會有可怕的事情發生。

我皺了皺眉頭，甩了甩腦袋。殷紅如血的朝陽，在自己的視線中，變回了原本的色彩。漂亮得像是跳躍著的番茄般的紅色太陽，仍舊在山澗躍動。可那兩旁的森森古柏，迎風招搖，依然有一股說不出的不祥感。

路過一個小村子時，在村口早餐店，我停下車，準備叫一碗豆漿幾根油條，當作早飯。

路邊小店小雖小，但是味道還不錯。就在我吃得正高興的時候，居然看到一長串農用車揚起震耳欲聾的引擎巨響，從遠處的許多條機耕道上駛進了省道中。

農用車司機們顯然剛從各個村子匯合，也不知道車上裝的是什麼，用黑色的不透光油布遮蓋得嚴嚴實實。哪怕隔了老遠，我的鼻子也能聞到令人難受的血腥味。

熏天的血腥，染得四周清新的農村空氣，也變了顏色。

那些司機坐到小吃店裡，急急忙忙的要了許多早點，然後又匆匆忙忙的開車走人。省道上掀起的塵土以及車上濃烈血腥氣味，交織在一起，讓我幾乎要窒息了。

「老闆，你家油條挺好吃的。」我見司機們離開後，不動聲色的問：「那些農用車司機是幹什麼去了？我一路上從李市開過來，沒有遇到他們。」

「他們是幫耳城一些供貨商拉貨呢。」老闆笑呵呵的說道，可是眼皮子底下，卻隱藏著某種叫做恐懼的東西。

「拉貨，拉什麼貨？怎麼血臭味那麼重？」我不解道。

農用車司機顯然從荒山野嶺裡匯合在一起，從味道判斷，應該收的是同一種貨。可是附近的村莊我來時調查過，沒聽說有什麼著名的土特產啊？

自己的視線投向最後一輛農用車。那輛至少使用了不下二十年的老式拖車骯髒不堪，引擎更是發出不堪重負的聲響，就連車棚都破破爛爛，在行駛中不停震動。

遠遠的，掩蓋在引擎巨大響聲中，偶爾傳出像是受傷小動物的虛弱叫聲。怪了，如果收的是活物的話，這麼熱的天氣還用黑布遮蓋，不是想要捂死那些動物嗎？

「說來也奇怪，耳城最近幾個大公司傳出消息，大肆收購黑狗，只要黑色純種的土狗，一絲雜毛都不能有。一隻出價兩萬塊。」老闆見我好奇，小心翼翼的看了四周幾眼，壓低聲音道：「我這麼說，您可別到處亂傳。總之，那些收狗的公司，要求怪得很。」

「他們要賣狗者用黑布遮蓋住車棚，不能讓狗照到陽光。最離奇的是，需要將狗關在黑屋裡三天，然後在第三天一早，太陽出來前，將其打死。只要屍體。可哪怕是黑狗屍體，在運輸途中，也一定要牢牢的綁住嘴巴，不能讓狗嘴巴張開。三天內照過太陽的黑狗屍體，他們絕對不收。」

「還真是奇怪。」我也是第一次聽說有人收狗，有這麼多講究，「可他們怎麼知道狗死前是不是見過光？」

怪了，耳城那些公司收這麼多狗幹嘛？還收得那麼詭異？

「我也不清楚。」老闆一邊炸油條，一邊大嘴巴的不亦樂乎：「總之我兄弟家裡有兩隻黑狗，我幾天前就讓他關黑屋裡三天，打死後，小賺了幾筆。聽人說，那些收狗的公司真的能確定，黑狗是不是最近見過光。許多心存僥倖的人，都賠本了。」

我摸了摸腦袋，被這些訊息弄得頭有些暈。黑狗，在中國的傳說裡，一直是驅邪避災的東西。可不見陽光的狗屍體，需要的量還是那麼大？那些公司究竟想用來幹什麼？驅邪？不對，不太像！

老闆用筷子將一根炸好的油條夾起來，聲音更低了，「聽說啊，我只是聽說。耳城最近不太平靜，在鬧鬼。所以需要黑狗血。」

我左想右想，總覺得想不通。突然記起老男人交給我的案子裡，那個死掉的小學生的資料，心裡不由得一抖。

「除了要黑狗屍體，耳城還出了什麼大事沒？」我又開口問。

「怪事挺多的。」老闆是個很八卦的人，隨口一問就打開了他的話匣子，「明明是七月天，到處都在鬧洪水。可耳城最近的雨水卻不多。據很多附近人聊起，都有聽到城東邊雷聲不斷，你說怪不怪？還有，城裡鬧鬼鬧得凶，大家都人心惶惶的。但是偏偏又說不出個所以然來。」

稍後，早餐店老闆講了些很迷信，隨處都能聽到的都市恐怖故事，聽得我實在提不起勁兒。於是迅速結帳後，開車跟在那串農用車之後，繼續朝耳城行駛而去。

可沒想到剛進城，就遇到了一件更加離奇古怪的事！

第四章 古怪的影印紙

人類最大的敵人，或許就是自己的好奇心。

在好奇心的主導下，大部分人都會幹出極為不理智的事情。哪怕是我，也無法免俗。甚至因為自己好奇心比正常人更加旺盛的緣故，或許遇到令自己好奇的事情，行為會更加的變本加厲。

耳城不大，城區總共大概只有六條街道，縱橫交錯，像是一個九宮格。小地方車不多，人流也不大，顯得十分冷清。

那些農用車帶著震耳欲聾的聲響開入一家叫做鼎盛集團的房地產公司內。

我用眼睛掃了那家門面破敗，就連招牌上的霓虹燈都掉下來的公司一眼，並沒有感到有哪裡怪異的地方。於是也沒有停留，一直朝這次的目的地開去。

沒開多久，自己居然看見右側的牆壁上貼著一些白色的紙。很普通的影印紙，A4大小，一整排整齊的排列著。

紙上似乎寫著什麼小字。

紙上的字實在太小了，我瞇著眼睛看不清楚。只知道應該不是廣告或者尋人啟事。一時間自己的好奇心大漲，頓時將車停在路旁，走了過去。那些影印紙上的文字，果然不是廣告，也不同於其他的尋物告示，而是只有寥寥幾個字而已。

很古怪的文字。

「還有二十一公尺！」

我最近的那張紙上，寫著這句話，附帶一個朝左的箭頭。自己摸了摸腦袋，更加好奇起來。

二十一公尺外，到底有什麼？

自己順著箭頭的方向一直朝左邊走。每隔一公尺，都貼著一模一樣的紙，如同倒數計時般，紙上的文字除了計量數字外，內容都是一樣的。

「還有十公尺。」

走了十多步後，牆壁到了盡頭。影印紙上的箭頭彎曲了一下，指向了內折九十度的位置。我抬起頭，只見那裡有一條陰暗潮濕，幾乎沒有陽光能照射進去的骯髒小巷。

稍微猶豫了一下，最終好奇心還是佔了上風。人類都是犯賤的生物，意識形態從來都會控制人類的行為。哪怕明知道那種行為不理智。可是無論是哪個人，遇到這類情況，恐怕都會幹和我一模一樣的事情。

所以說人類從本能上，或多或少就是有強迫症。只要是引起強迫症發作的東西，哪怕那個地方，什麼東西也沒有。哪怕最後的結果造成難以挽回的心理陰影，人類，還是會義無反顧的犯賤。

我走入小巷，這條巷子是條死巷子，最裡邊一目了然，就是一堵水泥牆壁。而頂部是無數老舊的陽台，密佈的蜘蛛網和電線將天空繞滿。地面甚至被樓上住戶亂七八糟的扔了大量的垃圾，污水橫流。

雖然有些噁心，但是自己大部分精力全都花在那些離奇怪異的影印紙的猜測上。這些紙是誰貼的？是不是一些年輕人無聊的惡作劇？

「還有四公尺。」

又按照紙上箭頭的文字走了六公尺，我發現，自從進入了巷子後，影印紙上的字體就變大了。巷子外的字，用的是五號字型。很小，必須要靠近看才看得到。

越接近目的地，字越大。

四公尺的地方，用的是九號字型，加粗。

「三公尺。」

三公尺的地方，用的是十號字，加粗，加下橫線。

「兩公尺！」

「一公尺！」

一公尺的位置，已經是十二號的宋體字了。碩大的文字，印得整整齊齊，卻隱隱透著某種不祥。

「就是這裡！」

終於，我來到了最後一張紙前。仍舊是A4的影印紙，但是「就是這裡」四個字，幾乎佔滿了整張紙面。本來一直都是黑色的文字，在這兒變成了血紅色。陰暗的小巷中，這一抹血紅，看得人心驚膽顫。

不知為何，光是接觸到這串文字，就讓人覺得有些恐怖。殷紅的字，不是打印出來的，而是不知誰用毛筆寫下的。墨水，似乎用得也不太一般。我湊上去輕輕聞了一下，連忙向後退了幾步，捂著鼻子跺腳。

整張紙都泛著一股惡臭。

文字，竟然是誰沾著某種動物的血，寫出來的。

可既然將人引到這兒來，總該有目的吧？我在最後一張紙前仔細打量了片刻，卻什麼也沒有發現。小巷骯髒、冰冷，和所有小城市的陰暗巷子一樣，沒什麼特別。

難道真的只是惡作劇？

我苦笑了幾下，終究還是沒什麼任何異狀。正準備離開時，已經往前走了好幾步的我猛地停下了腳。自己突然又退了回來，仔細打量最後那張用動物的血寫成的紙。

這張紙上的字已經寫出來大約半個多月了，血跡早發黑乾枯。想來許多人都被騙過，牆壁周圍橫七豎八的有大量上當的年輕人寫滿了發洩、罵人的刻痕。

可牆壁最底部，卻有一排小字引起了我的注意。

「不要照著紙上寫的做，否則，你會死！」

小字寫在牆根上，非常不起眼。字旁還有「耳城第二中學，劉曉偉」的字樣。這個叫做劉曉偉的少年，難道發現了什麼？

我用手摸著下巴，思索了片刻後。猛然間意識到了一件事。最後那張紙為什麼會完好無損？

對啊，為什麼那張紙會毫無損傷的好好貼在牆上！

從牆上的塗鴉可以看出，許多人上當受騙了。肯定會有人洩憤般的將紙撕毀。可是這張紙最終還是好好地貼在牆壁上，那就意味著，有人損壞後，寫這些文字的主人，又重新貼了一次。

那個貼影印紙的傢伙，為什麼要這麼做？真的是單純的惡作劇的話，大多數的人做完後，多半很快就忘記了，但他卻不停的重貼。

而叫做劉曉偉的少年，為什麼會留下「不要照著紙上寫的做，否則，你會死！」這段話呢？這是不是意味著，紙張上的文字，還隱藏著某種分支劇情？

再次打量那張用血寫的紙，突然，我眼睛一亮。伸出手，將那張紙扯下來。紙張似乎也是利用某種動物的血液黏性黏在牆壁上的。

將影印紙翻過來，我頓時笑了。果然，這張紙的背後還寫著別的東西。

「千萬，不要朝裡看！」

紙上如此寫著一行小字，映襯著背面的那黑漆漆的血跡，顯得很難看清楚。

「朝裡看？看什麼？朝哪個裡邊？」我傻了眼，這行小字的要求，簡直是令人摸不著頭緒。

可是很快，我就明白字指的意思。

只見那張貼過紙張的牆壁上，那被某種血液染得怪異恐怖的地方，仔細看，赫然能看到一個極小的洞。那個洞彷彿用鋼釘敲出來似的，黑漆漆，猶如黑洞般，不停的吸收著四周的陰冷。

我一時間呆住了。那個寫這些文字的傢伙，千方百計的引人進來，結果最後用暗語和機關，讓人別朝裡邊瞅。這是在搞什麼鬼？借用人的好奇心，讓人經不起引誘，往裡邊看嗎？

可是那個叫做劉曉偉的少年又留下了「不要照著紙上寫的做，否則，你會死」的文字。這簡直是令人無比糾結。

洞裡到底有什麼？幹這種惡作劇的傢伙，究竟想要人看到什麼？

我仔細的瞅著那個只比針眼大不了許多的、普通得不能再普通的洞。實在不知道到底該偷看，還是不該偷看。

會不會你的眼睛一湊過去，就有一根鋼釘或者針頭彈出來，刺穿你的眼睛？恐怖電影裡不是經常有這樣的情節嗎？畢竟洞這種東西，實在會讓人激發出天然的恐懼情緒和聯想。

我不停的苦笑，最後的最後，自己還是再次敗給了好奇心。我小心翼翼的掏出手機，打開閃光燈和拍照鏡頭，先是用拍照鏡頭去試探洞裡有什麼，會不會有危險。

但是透過鏡頭，我什麼也沒看到。在閃光燈的打光下，手機螢幕顯示出一個很淺的洞，非常普通。甚至能看到洞盡頭的一層黑壓壓的虛影，以及無數的灰塵。

整個洞，深淺似乎不過幾公分罷了。沒有危險。

自己略微有些失望，一個死洞。果然只是個惡作劇而已。

臨走前，我再次不死心的將眼睛湊過去，用左眼看了看。就是那一眼，我整個人都僵硬在了原地。

剛剛鏡頭中，應該是死洞的小孔裡，居然有光線。不只是光線，我居然看到了，一個自己完全想像不到的東西！

那是一個古舊的院子，在最近幾年快速城市化的浪潮中，這種典型的南方四合院已經很少見了。不過耳城是個小城市，小城市總有小城市的好處。

例如方圓七八公里，你是唯一有品味，有見識的文學青年。雖然整個小城只有一間電影院，一個健身房，可是至少中午可以悠閒的回家吃午飯。小城市的人際關係也很簡單，高中同學是小學同學的初中同學，初中同學是小學同學的高中同學，小學同學是初中同學的高中同學。

你可以不滿三十歲，就相親完整座城市的適齡青年。

你可以在一家週六新開業的餐廳裡，遇到無數波熟人。無論如何，至少在保留古蹟方面。小城市也是遠遠比大城市更優秀的，因為小城的房地產開發商，都不是土豪，沒錢。

我的左眼，透過了那個本來應該稀鬆平常的小孔，看到了位於牆壁對面的古宅。視線中，看得到四合院東南西三扇桃屋。屋子圍繞著一個大約有十五六坪大的小院子，院子裡的花台上種著太陽花，石雕的小水池中，還有幾尾小魚正在啄著水面的睡蓮。

太陽照射在院子中，顯得有些慵懶。但不知為何，我總覺得有一股惡寒，從院子裡流淌到了自己的身上。

不由得打了個寒顫後，本來清冷的院子，走進來一大堆人。老老少少，足足有二三十個。許多人一邊哭一邊抹眼淚，披麻戴孝的六個年輕男子，將一口漆黑的棺材，抬到了院子的最中央。

「造孽啊，老爺子就這麼不明不白的死了。」一個微胖的中年女人皺著眉頭，話也略顯潑辣，「分家的事情也沒個說法就死了。老爺子生前，可是說過我們長孫家要佔大份。」

「大嫂子，飯可以亂吃，話可不要亂說啊。妳是生了個長孫，可我們老二是老爺子生前最疼愛的。分家的家產，自然應該最多。老爺子死之前，可是有見證人證明，說過這類的話。」另一個四十多歲的婦女撇撇嘴，冷哼了一聲。

「都別說了，爸爸屍骨未寒。分家的事情，等爸爸下葬後再討論吧。」一個二十多歲，眉目還算清秀的女子，挺著個大肚子，不滿的道。

這番話倒是引起了兩個嫂子的同仇敵愾，「我說小姑子，這話我們可不愛聽。嫁出去的女兒潑出去的水，妳一個嫁出去的人，居然一聽說老爺子得了筆橫財，就挺著個大肚子離婚回娘家。不是擺明想要爭一份家財嘛！」

「我……」孕婦臉一紅，想要說什麼，卻沒說出口。

那口黑黝黝的棺材擺在院子裡，直曬的太陽落在它身上，讓棺材看起來猶如一具腐敗的屍體。我不由得揉了揉眼睛，怪了，怎麼自己覺得有一股黑煙從棺材上不停的往外冒？

可院子裡的人，卻彷彿什麼也看不到。

很快就有葬儀社的人，來將棚子搭起。油紙布遮蓋住棺材，將陽光遮擋在外邊，棺材中的黑煙這才稍微少了一些。

南方小地方的人，婚嫁喪葬總是習慣找個陰陽先生看看。這已經是一種流傳了千百年的習俗，很多葬禮的習慣，過慣了城市生活的人早已經搞不清楚了，只有陰陽先生才清楚。

幫老爺子張羅葬禮的，是個六十多歲的老陰陽，掉了好幾顆門牙，眼睛顯然有白內障，看東西時眼睛都瞇成了一條縫。

老陰陽用手指掐算著老爺子的生辰八字，吩咐道：「吳老爺子是羊年陽月出生，十二天後，才是最好的安葬日期。你們家要大擺筵席十一天，這樣能保佑兒孫一輩子平安。」

一旁的子孫聽完話滿臉古怪，大兒子湊了上去，遞給陰陽先生一張紙。

「這是啥？」老陰陽將眼睛湊到紙上看了看，頓時滿臉通紅，氣得不得了：「這是哪個砍腦殼的瞎子寫的，今晚老爺子就必須入葬？今晚可是陰曆陰月陰日，讓羊年陽月出生的人在滿陰的時刻下葬，你們是想要全家斷子絕孫啊！」

吳老爺子的兒子們尷尬的沒敢說話，只能一個勁兒的賠笑。顯然他們自己也覺得有些不妥。

「到底是誰的要求？」陰陽先生連聲問：「這個要求也太缺德了！」

一幫人始終沒有說究竟是誰要求的，顯然很是忌諱。

「算了，算了，這場法事我幹不來。你們還是另請高明吧。」老陰陽擺了擺手，正準備離開。吳老爺子的兒女們連忙圍過去，好說歹說，許下了許多承諾。終於才說服了陰陽先生。

陰陽先生到處張羅著速戰速決的葬禮，力求將本應該十一天的程序，簡化到一個下午。

吳老爺子的小女兒，挺著大肚子，找了把椅子蹲坐在靈堂前。她折了一些黃紙，放到盆子裡燒。

「燒這個。」不知何時，有人遞給她一疊泛黃的紙錢，「大著肚子小心點。孕婦是不能燒黃紙的，只能燒這個。」

小女兒感激的點了點頭，道了聲謝後，開始燒起那疊紙錢來。她就那麼燒了一會兒，突然覺得紙錢的味道有些不太對勁！

一股怪異的臭味，在院子裡瀰漫開，臭得所有人皺著眉頭捏著鼻子。

「好臭啊，什麼味道？」院子裡的人紛紛抱怨道。

老陰陽突然走到靈堂前，氣惱的一把拽住了小女兒的手，「誰讓妳燒紙錢的。大肚婆不能燒紙錢，那是規矩。妳真想讓妳老爹上不了奈何橋，喝不了孟婆湯，永世不能超生啊！」

小女兒顯然是受過高等教育的，她哪裡受得了這種迷信的話，不由得提高了音量，「我是女性，我是孕婦，那又怎麼了。都什麼年代了，還利用這類迷信賺錢。我老爸生前最疼愛我，如果我真不給他燒紙錢，他才高興不起來呢。」

陰陽先生一時間被她給罵懵了。

爭吵將大嫂和二嫂的注意力吸引過去，她們倆不知怎麼就瞄到小姑子手裡拿著的那疊鬼錢，頓時嚇了一跳。

「小姑子，妳拿的到底是啥？」兩人聲音都在發抖。

「就是紙錢啊。」隨著她倆尖銳的大叫，小女兒和老陰陽的視線也落在了那疊鬼錢上。頓時，這兩個傢伙倒抽了一口冷氣。

只見孕婦手裡拿著的哪裡是什麼鬼錢。明明就是黃色的符咒，長長的符咒上用某種動物的血畫著一個怪異的臉，光是眼睛接觸到，都令人心驚膽寒。

一張張的符咒像是一個個鬼怪的腦袋。剛才自己就是在燒這個？院子裡不停冒出的臭味，源頭也正是因為這些怪紙符？

孕婦嚇得趕忙將那一大疊符咒全都扔了出去。好死不死的，那些符咒全都落在了火中，一遇到火就如同汽油點燃般，不停發出輕微爆炸的聲音。

院落裡本來就瀰漫著詭異的臭味，立刻變得更加臭不可聞起來。

「臭死了！」孕婦的哥哥弟弟、嫂子、叔長全都捏鼻子對她罵個不停。

小女兒一臉的委屈，「剛才有個人把符咒遞給我讓我燒的，他明明就在……」

話說到這裡，她突然意識到那個人似乎已經不在了。而且，給她符咒的人聲音聽起來很陌生，似乎並不是親戚。

怪了，到底是誰塞給了自己符咒？他這麼做到底有什麼目的！

就在所有人都被臭味騷擾得難受時，突然，離棺材最近的一個人大叫了一聲：「別吵了，似乎有怪聲音。」

吵個不停的院子，因為這個叫聲頓時安靜了下來。

一時間，整個院子變得落針可聞。

剛剛還在噪音中顯得有些難以聽到的聲音，在寂靜裡數十倍、數百倍的擴大。異響，似乎就是從棺材中傳來的。

黑黝黝的棺材，居然就在光天化日下，從內部傳出指甲不停的刮內壁的聲響。越來越大，越來越頻繁……

「屍、屍變了！」老陰陽額頭上的冷汗不停的往外流，劃過眼角，滑過下巴。

一滴汗，滴落在了腳下的泥土上。

那彷彿是一種可怕的信號，還沒等院子裡的人反應過來。原本死寂的棺材，蓋子，猛然間飛了起來，遠遠飛落到西廂的房頂，將整個瓦房砸出了巨大的窟窿。

牆壁另一邊的我，也就在這時感覺一股氣流朝眼睛裡撲過來，眼球突然刺痛了一下。

有學者說人類的眼球是不怕冷的，哪怕是零下幾十度，都不會察覺到溫度起伏。那簡直是在放屁，那一刻，我是真真切切的覺得，自己的眼珠子，幾乎要凍結了。

惡寒從眼球裡傳遞出來，僵硬了全身。當我好不容易緩過勁兒，再次小心翼翼的將眼睛湊到小孔前，想要看清楚牆對面之後又發生了什麼事情的時候，那個小洞，卻變得黑暗了。

黑漆漆的，成了一個不通的死洞。

再也看不到任何東西了！
該死，這是怎麼回事？

第五章 孔對面

每個人的一生，都會經歷無數個意外。意外，是產生似是而非的名人名言的溫床。不要問我現在這一刻內心的想法。

確實，自己現在的腦子裡不光孕育出了名言警句，同時還孕育出了一肚子國罵。這叫怎麼回事，怎麼剛剛明明還能看到東西的小孔，現在居然什麼也看不到了？

洞，被誰堵了？

我陰沉著臉，站在這條骯髒的小巷中，就這麼呆站了足足一分鐘。不死心的自己一邊思索著牆壁對面發生的事情，一邊從附近地上撿來一根細鐵絲，使勁的掏著牆上的孔洞。

洞果然很小，我掏了一陣子，只掏出了許多的灰，磨下了洞壁的磚塵。可自始至終沒辦法將其掏穿。這令我極為驚訝。

最讓我悚然的，還是那個四合院中發生的故事。孕婦燒紙錢時，或許她自己沒有留意是誰將符咒紙錢遞給她。可我卻實實在在的瞅清楚了。那是一個年輕人，甚至，我還頗為熟悉。

那個傢伙，昨晚自己在飛機場見到過。當時這混蛋鬼鬼祟祟的將一枚疑似鬼頭錢的物體塞入了一個中年人口袋裡，而中年人在飛機起飛後，擅自拉開了安全門，險些導致極為嚴重的空難……

現在，這個詭異的年輕人又出現了。他為什麼要給院子裡的孕婦那疊鬼畫符？我的眼力很好，院落也不大，所以那疊鬼畫符上畫的鬼東西。自己也清楚的看到了。

那是鬼頭錢的圖案！

一切的一切，都令我腦袋大亂。鬼頭錢，前段時間出現在希臘的沃爾德教授的古堡中，那老混蛋想要把我當作祭品，啟動古中國失傳已久的萬鬼運財術。現在，古錢居然陰魂不散的又出現在耳城這個地方，好死不死的又被我遇到了。

這是緣分？還是某種陰謀？

不，說不是陰謀，連我自己都不太相信。畢竟，世間哪有那麼多的巧合存在。不由得，我的背心發出一股刺痛。自己反過手輕輕摸了摸，使勁的皺起眉頭。

事情，絕對不簡單。

沃爾德背後站著某個神秘的勢力，那個勢力顯然收集過我的資料。最後沃爾德教授被他們陰了，我也被他們給陰了。

耳城，恐怕並不太平。甚至危險重重！

我早已煩透了那些莫名其妙的亂七八糟勢力，一個又一個的如蚱蜢般跳出來，總是披著神秘無比的面紗。

這世上，到底還有多少勢力隱藏在暗地中，偷偷地幹著齷齪的勾當？我夜不語開開心心的過著自己無趣的小資生活，偶爾冒冒險、沒事討點廉價紅酒喝喝，也沒招他們惹他們，幹嘛這些混蛋們總是硬咬著我不放！

最終，我還是沒能在那個已經變成死穴的小洞裡再發現任何有用的線索。想來想去，我乾脆將影印紙重新貼回去，走出小巷子。

這些紙，究竟是誰貼的。他封住小洞，警告別人不要看！但他這一連串行為，明顯又是為了吸引別人的好奇，以傳染病的方式，讓人一個接著一個，偷窺小孔裡的事物。

可貼紙人的行為，也令我覺得有些莫名其妙。每個人做事都有目的，他的目的是什麼？

既然從小孔裡再也無法看到牆壁背後的東西，我乾脆繞著牆壁走，準備找一個入口偷溜進去。

這面圍牆四四方方，顯然是現代化的建築。不過大約也修建好些年了。從街上繞到另一條小巷子中，越是往裡走，我越是覺得有古怪。

如果剛剛的院子中真的發生了離奇恐怖的事件，例如吳老爺子的屍體真的屍變了，那麼隔了這麼久，附近早應該鬧得不可開交了才對。更何況院子裡有那麼多人，不可能沒人驚慌失措的逃出來。

但是這條通往房屋入口的小路上，什麼人也沒有，冷冷清清的，就連牆根上的一排居民自己種植的，稀稀落落的植物和蔬菜，也四處蔓生，似乎很久沒人打理過了。不時能看到破舊的牆壁中央，用紅色寫著大大的「拆遷」兩字。

彷彿一個多月前，巷子裡居住的人就已經全都搬遷離開。

我推估著來到了應該是四合院入口的位置，這是一扇古舊的木門，很破爛。我將門輕輕推了推，居然敞開了。

自己探著腦袋瞅了瞅黑乎乎的屋內，果然沒有人居住的痕跡。

怪了，明明剛才還有許多人在這棟房子裡的。難道四合院本來就是吳老爺子的老宅，只是人早已經搬走。老人總有落葉歸根的習慣，死了，才讓兒孫將屍體搬回遺棄的老宅來辦喪事？

越想越覺得有可能。

我用手機的 LED 當作光源，緩緩的進入屋裡。裡屋的格局方正，地面鋪了水泥，沒有家具。陰冷潮濕的黴味充斥滿鼻腔，每走一步，都能揚起一絲灰塵。

自己越走越感到疑惑。不對啊，格局怎麼好像有種不太對勁的感覺。

穿過了好幾個房間後，我突然在一堵牆前邊猛地停住了腳步。這裡，是一間臥室。修得比較簡陋，但能夠確定，絕對是一座小樓房的最底層。正對面的牆壁，應該就是剛才自己看到的四合院位置的院牆。

可這是怎麼回事，院牆，現在居然變成了這棟樓臥室的牆。

我的臉色鐵青，有些不知所措。再三的確認了手機地圖上的行動軌跡。看到軌跡形成了一個圈，合攏在一起。我確定眼前的牆絕對就是有著小孔的那面牆。

該死！那我透過小孔看到的那個四合院又去哪兒了？四合院中發生的怪事，到底有沒有發生過？難道那根本就不是同一個地方？是我產生了幻覺，還是我走錯了？

不！走錯的可能性微乎其微。自己手機上的軌跡記錄程式非常精密，不可能出錯。那就意味著，小孔，有問題？

漆黑的屋子中，藉著手電筒的光，我看到本應該雪白的牆壁上畫著許多亂七八糟的塗鴉。許多經典的國罵，還有一些驚嚇過度的人寫的文字。

看來透過那個小孔看到景象後，好奇的找過來的傢伙並不只我一人。他們每一個同樣都嚇得不輕，覺得事情詭異。

很快，我就在牆壁的最底下，又發現了一行熟悉的文字。

「詛咒在蔓延，如果你沒聽勸告，朝小洞裡偷窺了的話。我告訴你，你已經被詛咒了。我一直都在尋找解開詛咒的辦法，如果你相信我，加我的群，XXX。我們一起把貼紙的傢伙，揪出來！」

留言的傢伙不但正正經經的留下一個QQ群，還署了名，又是那個耳城第二中學的劉曉偉。這小傢伙真有心，不會是準備藉著這猶如都市傳說般的事件，順便宣傳自己的QQ群吧？

我將整個牆壁都仔細拍照下來，暗忖著如果「朝小孔看」的動作，真的是一種詛咒的話，為什麼自己絲毫都沒有感覺到被詛咒了呢？

就在自己思索時，突然身後傳來一陣腳步聲。我連忙轉過頭朝背後望去，只見一個年輕男子的身影出現在門外。他看到我愣了愣，然後慌忙的拔腿就逃。

「站住！」我大喊一聲，拚命追上去。

年輕男子我太熟悉了，機場出現過，吳老爺子的四合院出現過。現在他猛然間出現在這個詭異的房子裡，我怎麼可能放過他。說不定透過他，還能得到鬼頭錢的線索。

糟糕的是，體力實在不是我的強項。那傢伙腳步如飛般，快得我都要不相信他還是人類了。當自己追到門外的巷子時，只空留了一巷子的飛灰，早沒了年輕人的影子。

我氣得用力掐了一把路邊的綠色植物，鬱悶的使勁嘆氣。

人逃了，線索斷了。

我慢吞吞的走到租來的車前，最後還是決定先往這次來耳城的目標，那個小學生的家裡去一趟。似乎他們家發生的事情，同樣和錢有關！

剛開門準備鑽進駕駛座，一輛破舊的車朝我行駛過來，險些將我撞倒。我嚇得連忙往外跳開，甚至還在地上滾了幾下。

「該死，想謀殺啊。你是怎麼開車的？」我憤怒的站起身，想要找車裡的司機理論。這馬路殺手的駕駛技術跟誰學的，讓他開車簡直為禍人間。

還沒等我的手拽住門把手，駕駛座的門已經打開了。映入眼簾的是一席火紅的頭髮，頓時，我的心裡一哽。

「千萬不要是她！千萬不要是她！千萬不要是她！」

我不停的默默祈禱。可是諸天神佛不是沒聽到，就是在故意耍我。一個十多歲模樣的歐洲女孩從車裡鑽出來，紅色的長髮十分奪目。清秀的臉上架著大大的眼鏡，表情呆呆的，似乎沒睡醒般。

女孩滿頭大汗的用力關上車門，踢了踢車身，抱怨道：「奸商。這種車都敢出租，在歐洲早被人告破產了！」

「雪丫頭！」我憤怒的喊了一聲：「妳怎麼在這兒！」

這位同屬於柯凡森老師的不知道該喊學姊還是學妹的、小我幾歲的女孩。我總是沒辦法應付，她跟我不屬於同一個北回歸線，甚至，我們倆說不定都不是同一個維度的生物。所以，自己會下意識的跟她保持距離，不過這傢伙怎麼跑到耳城來了？

雪珂扶了扶大眼鏡，表情低落下來，「老師病倒了！」

「病倒了？」我的眼皮跳了幾下，「怎麼回事？難道是因為……」

「醫院根本檢查不出原因。」書呆女咬了下嘴唇：「或許，真的是因為在沃爾德教授的古堡裡發生的那件事！」

我沉默起來，「有危險嗎？」

「醫生說，活不過十天。」雪珂突然道：「你呢，感覺背上有不舒服嗎？」

小妮子的話中沒任何感情色彩。她也不是在關心我，純粹是想從我的狀態上推測出自己和老師將會有多糟糕。

我搖了搖頭：「我還好。」

「可最近，我也覺得自己有些不太對勁了。」這個小妮子少有的沒有見到我就跟我鬥嘴，她丟下自己租來的車，大咧咧老實不客氣的坐到了我車上的副駕駛座。

喂喂，話說她的歐洲文明古國的優越感呢？她的道德感呢？就那麼任自己的車丟在馬路中央了？

我無奈的把她的車移到路邊，打電話要租車公司的人來回收車輛。這才進入駕駛座，發動引擎。

車緩緩移動，朝前開去。車內狹小的空間中，我倆同時陷入了無話可說的死寂。

「那個，妳是怎麼找到我的？」我目不斜視的看路。

雪珂將眼鏡摘下來，湊到嘴邊，噴出一口氣哈了哈：「我到處想聯絡你，聯絡不上。就打電話給你兼職的那家偵探社。是他們告訴我，你的位置。」

這小妮子雖然人不討喜，但是不戴眼鏡的時候，確實文靜漂亮。

「該死的老男人，他還嫌我最近不夠亂……」我罵到這裡，突然，覺得有些不太對。自己猛地踩下剎車，轉頭，死死的盯著她看：「不對啊，妳怎麼知道我在一家偵探社打工？」

這件事幾乎沒人知道，包括我在德國最好的朋友，甚至親戚家人。自然學校檔案裡，也不可能有。雪珂究竟是怎麼知道的？

「我隨便找人問了問，就知道了啊。這又不是什麼大秘密！」紅髮女孩滿不在乎地說。

「問題大了！」我皺起眉頭：「妳所謂隨便找的人，究竟是誰？」

雪珂眨巴著眼睛，用手指在空中比劃形容，「就是一個亞洲臉的同學，你們亞洲人基本長得一個模樣，我也不好說。他給了我一個電話號碼！」

隨便找一個我恐怕都不認識的亞洲人，他就能給雪丫頭老男人的電話號碼。這根本就不可能。我的臉陰沉得猶如暴風雨來臨般壓抑，這背後，絕對有陰謀！

「號碼是多少？」我繼續問。

雪珂報出了一串數字，哪怕再笨的人現在也會覺得事情有點不對了。畢竟雪丫頭並不是笨，只是單純罷了。

那串數字我聞所未聞，也絕對不是楊俊飛偵探社的電話號碼。我掏出手機回撥，是空號。

「妳被坑了！」我嘆了口氣。不，與其說雪珂被坑了，不如說我也被一起坑了。

那個所謂的亞洲人，幹嘛要讓雪珂來耳城找我。他，或者他們，到底有什麼目的？還是說這件事，原本就是沃爾德古堡中陰謀的延續？

背後，究竟是我認識的勢力在作祟？還是一個全新的，我不清楚的邪惡組織？

種種疑惑，我完全沒有頭緒。現在的我、雪珂和柯凡森老師，都因為沃爾德教授古堡中那亂七八糟拼湊的古陣法而被詛咒了。

而承受詛咒最多的，就是本人。

自己現在唯一的線索，是城堡中那些鬼頭錢。只有找到了它們的出處，才能找到解開詛咒的關鍵。

時間，剩下的並不多。

柯凡森老師只能活十天，雪珂是年輕人，應該能活更久。雖然至今我似乎活蹦亂跳的活著，可誰又知道呢。畢竟詛咒的百分之九十九，都在自己身上。他們倆只是被詛咒的餘波沾到罷了。

我們想著各自的心事，車內一時間又陷入了沉默中。

過了許久，雪丫頭忍不住，開口道：「關於那些鬼頭錢，你有什麼線索？」

「沃爾德教授古堡內的鬼頭錢，我拿去化驗過。然後，查出了很多詭異的地方。」

我想了想，選擇性的回答道：「首先，是材質。那些鬼頭錢確實都是青銅製作的。」

「可青銅製造的鬼頭錢，為什麼會沒有聲音？」雪珂不解道。

當初我們從城堡逃出後，帶走了許多還沒來得及燒融的鬼頭錢。但無論怎麼敲擊，這些鬼頭錢始終發不出半點聲音。就如同鬼頭錢中藏著黑洞，將一切聲響都吸收得乾乾淨淨。

「聽我說完。」我沉吟了片刻，苦笑起來：「雖然是青銅，但是那些銅內的雜質非常少。要知道中國古代的煉銅技術雖然精深，但畢竟是春秋戰國時期，雜質含量絕對非常高。」

同樣研究博物學的雪珂自然明白我話裡的意思，頓時驚訝起來：「你的意思是，那些銅是現代工業的產物？」

「不錯。」我點頭，「所有的鬼頭錢，都是同批鑄造的，而且時間絕對不超過五年。」

「可現代的工業品，為什麼會做到敲擊無聲？」紅髮小妞難以置信，「不應該啊！只要是金屬，不，只要是物質，撞擊時就會發出聲音。但是那些鬼頭錢根本沒有任何聲音……」

這如同一種悖論。所有物質都會因為外力作用而發出衝擊波，衝擊波在空氣裡會傳播產生聲音。但是沃爾德古堡中的現代鬼頭錢，顯然打破了基本物理定律。可是失控的物理定律，只在鬼頭錢自身上存在，被撞擊物的另一面，仍舊會受到物理法則的影響。

於是就出現了怪異的現象。兩枚鬼頭錢撞在一起，聲音湮滅。一枚鬼頭錢和一根金屬棒撞在一起，鬼頭錢無聲，金屬棒卻會發出不停的震顫。

這簡直就已經是一種超自然現象了。

「我猜，或許是在製造鬼頭錢時，製造者採取了某種工藝。所以才會造成撞擊無聲的狀況。」我覺得自己的猜測有些牽強。

雪珂果然反駁道：「究竟是什麼工藝，才能令幾乎是純銅的鬼頭錢將聲音隱藏起來？這根本已經超出了人類的製造水準和科技幾百年了！」

我啞然，沒有開口。畢竟這件事，如同一根刺般鯁在喉嚨口，我也沒辦法解釋清楚。

紅髮小妞沒有過於糾結，反而問道：「我們現在去哪兒？」

「去一個小學生家裡，她身上發生了一件怪事。」我回答。看來荷蘭小妞我是甩不掉了，作為師哥，將她帶在身旁也能保護她。

無論是誰將她騙到耳城來的，總歸有一天，那些人會忍不住露出爪牙。等他們露出爪牙的那一刻，就是我拽住他們的尾巴反擊的時刻。

坑我夜不語，可沒有那麼容易。以老子睚眥必報的性格，我絕對會讓他們脫一層皮。

車平穩緩慢的行駛著，當下午的太陽將濕答答的空氣加溫，讓人更有一種陷入三溫暖的難受時，自己終於到達了這一次來耳城的目的地。

第六章 錢包裡的救贖

錢是好東西。

否則沃爾德教授，也不會用古希臘、古印度和古中國三個古老文明的、影響財富氣運的失傳陣法，來拯救現代希臘千瘡百孔的經濟了。

畢竟一個國家正常運行需要錢，否則聯合國也不會用人均年收入的多少，來判定開發中國家、已開發國家和未開發國家的標準。而一個家庭的幸福與否，其實更需要錢來衡量。

俗語說幸福的家庭，家家相似。不幸的家庭各有各的不同。其實這句俗話，歸根結柢也是錯誤的。幸福家庭的幸福，總是基於財富能夠積累，有錢花。而不幸的家庭之所以不幸，正是因為貧窮家庭百事哀，於是家庭成員開始酗酒、家暴，形成惡性循環。

話可能不好聽，但這就是人類學的真理。

眼前是一棟典型的貧民區住宅，骯髒，擁擠。六樓的排屋依稀還有計劃經濟時代的影子，我甚至懷疑，這棟看起來大約有四五十年樓齡的建築物，或許還是當初的蘇聯援建的。

因為五十多年前，國內根本就沒有建造六層高樓的技術。只是時過境遷，當初現代時髦，令所有人羡慕嫉妒的樓房，在財富積累越見明顯的社會裡，反而成為了貧困的代名詞。

我將車停好，看了看手機上的資料。

那戶李姓人家，居住在頂樓，六一七號房。雪珂緊跟著我，一路十分好奇。樓內並沒有良好的排水系統，所以陰溝裸露在地面。溝渠上沒有用石板遮蓋的地方，散發著驚人的惡臭。

陰溝裡的水漂動無數的骯髒，可是來來往往的人，並沒有覺得不適應。樓內有能力搬走的，全搬去了耳城的新城區。這裡剩下的只有老人，和許多沒有能力賺錢的殘疾人、懶人和貧戶。

「貴國真有趣。」雪珂和我一起踩在樓梯上。許多樓梯的鐵扶手都被人撬走，當作鋼材賣錢去了。居民只能無奈的用幾根鐵絲做防護，免得老人小孩掉下去。

即使那些鐵絲的防護作用，只是聊勝於無。

「貴國的一線城市比已開發國家還繁榮，但是五六線城市，卻比不上未開發的非洲。」紅髮的友邦老外如此評價。

我揉了揉鼻子，呵呵兩聲，「現代的工業化發展，是從歐洲開始的。作為發展了幾百年的歐洲人，妳確實會覺得我國的發展很畸形。但，我並不這麼認為。犧牲一大片小城市來供給幾個主要城市，會帶來快速的經濟增長。這就是東亞奇蹟的中心思想，日本以及韓國，也都是這樣發展起來的。柯凡森老師的博物學著作中，經濟篇裡就分析過，妳應該拿來讀一讀。」

「狡辯。總之我覺得是不正常的。」雪珂沒被我說服。

我也沒跟她繼續辯駁，意識形態不同，自然話題沒交集。來到六一七號房前，我敲了敲門。沒等多久，主人就來開門了。

開門的是一個一臉鬍碴的中年男人，臉上佈滿皺紋和愁容，本來就不大的眼睛因為疲倦的原因，已經耷拉的只剩下一條縫。

「您是？」男人的語氣帶有虛弱以及被艱難生活壓垮的卑微。

「我叫夜不語。是來幫你解決問題的。」

「夜不語先生，啊，記起來了。你是那個什麼基金會的！」男子頓時熱情起來：「您家的基金會實在幫了我很大的忙，沒有那筆錢，薇薇根本活不到現在！」

基金會？我愣了愣，突然想到楊俊飛的偵探社似乎確實是以某個基金會的名義，跟這家人接觸的。

「請進，快請進。」男子側身，將我們請進屋子：「我姓李，叫李強。」

屋子很小，但環境甚至比外邊骯髒的走廊還要髒亂。地上堆滿了用過的廢棄繃帶，能夠落腳的地方，居然還殘留著沒來得及擦乾的血跡。這是個典型的一起居室，一個客廳，一間臥室，沒有廚房和廁所。

李強苦笑著本想招呼我們，可是眼瞅著不足四五坪大的擁擠屋子中根本就沒有為我們倒茶的空間，面露尷尬。

「我們不渴，先讓我看看你的女兒吧，聽說她身上發生了一件離奇古怪的事？」我瞅著地面的雜物，尋找了幾個落腳點，跳到了客廳中央。

「在這邊，裡屋請。」男子一邊往裡邊帶路，一邊嘮叨著：「我妻子是個愛乾淨的人。我沒本事，這輩子最大的福氣，就是娶了個好妻子，生了個好女兒。本來我應該很幸福的，可是，唉。不說也罷，不說也罷！」

跨過小客廳，來到了所謂的裡屋。這裡屋只有一坪大，只夠擺放一張稍微大一些的床。看來原本一家三口都睡在一個房間，一張床上的。但現在出了意外，整張床都被床上的一個物體霸佔了。

等雪丫頭看清楚床上那個碩大的東西時，她嚇得渾身發抖。只見那個如骯髒的球一般的物體，哪裡是什麼球。

分明是一個用破爛的布條包裹起來的人。

不只是她，甚至連我看得也倒抽了一口冷氣。那個人躺著的姿勢實在太詭異了。腫脹成球體的身軀四肢都被布條遮蓋得嚴嚴實實，哪怕現在是夏天，整個屋子也不通風。蒸籠一般的溫度，將屋內的空氣熏得腐臭不堪，而床上的人，依然被蓋得連腦袋都看不見。

「這就是我的女兒，李薇。」李強看著自己的小女兒，原本卑微的眼神中露出了自豪和慈愛：「她是我這輩子最大的驕傲。」

根據老男人給我的資料看，李薇讀六年級，只是個普通的小學生而已。資料並不多，究竟她身上發生了什麼怪事，我也不是太清楚。所以自己才會特別吃驚。這個小女孩究竟遇到了什麼，居然會變得如此慘。

「她，生病了？」雪珂的聲音在微微發抖。

李強點點頭，笑容更加的苦澀，「要看看嗎？」

疾病對一個貧窮的家庭而言是毀滅性的，一場病毀掉一個家庭的事情比比皆是。如果想要治病，就必須要獲取社會的同情。想來同樣的事情李強一家已經幹了不少，麻木了。甚至成為了一種獲得幫助的本能行為。沒有等到我們回答，李強已經小心翼翼的掀開了布條捆成的被子。

這一看，我頓時感覺陣陣寒意，直朝背脊湧去。雪珂更是差一點就吐了出來，她拚命捂住嘴，保持著對床上女孩的尊敬。

「這！這到底是怎麼回事？」我全身僵硬，好不容易才擠出這句話。

掀開布條後，李薇慘不忍睹的身體直接暴露在我們面前。十二歲不到的小女孩，身體完全發腫發爛。她的皮膚不知為何剝落了，為了保持體表的水分和不遭到二次傷害，這個貧窮家庭乾脆用保鮮膜把李薇裸露在外的肌肉包裹起來。

我這才明白，也是由於沒有皮膚的緣故。身體無法自動調溫，所以哪怕屋裡再熱，也必須用大量的布條來保溫。

夏天是細菌滋長的最好季節。顯然噁心的細菌已經侵入了小女孩的身體，因為我能清楚看到保鮮膜下的肌肉組織正在腐爛。

難怪整間屋子都有股腐爛的氣味，源頭正是從李薇發爛流膿的身體裡散發出來的。小學生仰躺著，她的臉沒有皮膚，甚至沒有眼皮。她就那麼雙目無神的看著天花板。不是本人，根本不知道沒有皮膚，肌肉腐爛到底有多痛。

李薇的肚子鼓脹成了球，可是這堅強的小女孩總是一聲不吭，獨自忍耐。不願給貧窮的父母增添麻煩。

我不忍再看下去，別開臉，匆匆離開了臥室。

「這是什麼病？大皰型剝落性皮炎？有點不像啊！」雪珂問李強。

我躊躇了一下，「這確實不是大皰型剝落性皮炎，因為李薇身上沒有這種病的特徵。」

「醫生說薇薇的病，恐怕在醫學上難以定論。硬要說是病菌或者基因遺傳的問題，似乎又找不到典型的病例特徵。所以醫院根本無法治療！」李強臉上露出了掙扎猶豫的表情，彷彿有某些話不知道該說不該說，「其實薇薇之所以變成這模樣，我猜，或許和一件事有關。前段時間發生的一件怪事！」

「說來聽聽。」我皺著眉。李薇身上的病，確實有些古怪。

主人李強最終還是決定說出來，「這個故事，我已經說過好多次了。政府要我別胡說八道，散播迷信，引起耳城居民的不安。我也就跟夜先生你說說，不信的話，也不要見怪。」

接著，李強跟我們講了一個讓人難以置信的詭異故事……

整件事情，發生在十天之前。

李薇一直都是個堅強的女孩子，因為家境貧寒，她從小幾乎沒有零用錢。即使她的父母拚命工作，也不過只能圖個溫飽而已。

在這個社會上，努力並不一定能得到應有的回報。

於是從很小的時候開始，懂事的薇薇就知道幫忙家務，在回家的路上，也會順便撿些寶特瓶和廢紙，拿去賣錢。賣來的錢不只可以當作零用，偶爾還能為愛花愛乾淨的媽媽，買一些鮮花回去。

李薇在班上內向，不愛說話，不過成績很好。這是所有貧戶小孩的特徵，他們在社會的規則中，沒有自信。也因為需要在路上撿垃圾的關係，她也不會和其他小朋友一樣，跟同學一起結伴回家。

發生事情的那一天，李薇也如往常，一個人走在路上。她今天的心情很好。

剛剛一位搬家的叔叔見她小小年紀還要辛苦的撿資源回收，於是把不要的家具全給了她。李薇將東西賣給資源回收站後，賺了六十幾塊。

女孩已經很久很久沒有在口袋裡放這麼大一筆錢了。所以李薇一路上哼著歌，蹦蹦跳跳的朝花市走去。

她心裡盤算著六十幾塊要怎麼用。先買一盆非常非常漂亮的花給媽媽，因為媽媽最喜歡花了。剩下的再幫爸爸買一小瓶好一些的白酒。爸爸每天工作回家很累，總是喝最低檔的散裝酒。

聽說那種白酒喝多了，對身體很不好。

最後最後剩下的，就幫自己買些平時捨不得買的文具和學習必需品好了。

李薇按照自己的清單買完全部的東西，不知道是不是老天爺都在天上看著自己的努力，今天對自己特別殷勤。沒想到該買的買完後，居然還剩下十塊錢。

提著好幾個袋子，正準備回家的時候，路過了農貿市場外的一家小雜貨店。看著裡邊琳琅滿目的零食，這個十二歲不到的女孩被誘惑得不由得停住了腳步。

還剩十塊錢，要不要買點零食呢？

零食對李薇而言，一向都是奢侈品。每次看到班上的同學在課間吃著零嘴，她也只是眼饞的偷偷轉移視線。

最後李薇終於還是忍不住了，大氣的決定將十塊錢中的一塊用來買零食，把剩下的九塊錢存起來以備不時之需。

窮人家的孩子，向來都懂事得很早。

一塊錢能幹什麼？能買的零食還真不多。一小袋豆筋，一根棒棒糖，李薇已經很滿足了。她用心的挑選著零食，結帳時將自己的十塊錢遞了過去。

這時候，她才發現這家雜貨店的老闆，有點可怕。

老闆是個乾枯的小老頭，看不出多大年齡。皺巴巴的頭頂只剩下三根毛，臉上的肉都被歲月腐蝕了，乾癟的皮膚貼著骨頭，猶如風乾的骷髏。

「桀桀，小姑娘，妳就買這點啊。」老闆窟窿般的眼珠子貪婪的瞅著李薇，他沒有去拿錢，而是一把拽住了女孩的手。

李薇頓時嚇了一大跳，她使勁的掙扎，才把手收回來。

幸好老闆再沒有做出別的出格的舉動，找了九塊錢給她。李薇死死抓著零食袋，害怕得逃也似的跑了。

一路上她的心臟狂跳個不停，那個老頭的恐怖模樣，始終縈繞在女孩的腦子裡。但河風一吹，再將棒棒糖的袋子撕開，舔了一口，李薇的心情，這才好了許多。

回到家後，女孩迫不及待的將禮物送給爸爸和媽媽。父母高興極了，有哪個做父親母親的，不希望有這麼懂事乖巧的女兒呢？

一家人猶如過節一般。媽媽看著那盆漂亮的花，爸爸抱著那瓶比劣質酒稍微好一些的白酒瓶，喜孜孜的說不出話。

「老娘今天豁出去了，大出血。給薇薇買一些甜皮鴨，讓爸爸喝點小酒加個菜。」媽媽也大氣了，她隨手提起李薇的破書包想要掛起來，突然「咦」了一聲，「薇薇，妳的書包今天怎麼特別重？作業很多嗎？」

「沒有啊。」李薇眨巴著眼，她拿過書包提了提，確實是比平時重太多了。怪了，明明下午放學時，沒塞太多書進去才對。

女孩疑惑的將書包拉開，竟然發現了一個碩大的用黃色的怪異紙張包裹的正正方方的物體。

這個東西，就是重量的來源！

怪了，這東西是什麼時候塞進自己書包裡去的？

李薇和自己的父母面面相覷，最終還是決定先把外表的紙扯開，看看裡邊究竟是些什麼玩意兒。

沒想到這個決定，猶如打開了潘朵拉之盒，恐怖的事情，就此降臨！

紙張是黃紙，很薄，通常是當作鬼錢燒給祖先的。大量的黃紙將內容物包裹得很結實。一家人全神貫注的將紙扯開，絲毫沒有注意那些黃紙，似乎有哪裡不太對勁。

足足用了兩分鐘，當他們好不容易撕開包裝後，一家子全都呆了。

包裹在裡邊的東西，實在令人意想不到。居然是錢，五捆用紅色的繩子紮起來的現金。昏暗的燈光下，一張張紅色的紙幣和散落一地的黃紙同時散發出詭異的光澤。令人瘋狂的錢，在此時顯得特別的邪惡。

「這錢，是哪裡來的？」父親用力的嚥了一口口水，只覺得喉嚨有些發啞。自己一家恐怕兩三年，也賺不了面前那麼多的現金，「薇薇，妳是從哪弄來的錢？」

薇薇已經被嚇傻了，「我不知道啊。」

「妳偷的？」爸爸抬頭，語氣開始嚴肅：「薇薇，我從小就教育妳，咱們窮雖然窮，可是犯法的事情咱們可不能幹。乖，說實話，這錢是哪裡來的？」

「我真的不知道哇。」薇薇惶惶不安的快要哭了出來。

母親皺眉道：「老李，咱們女兒的品德，你又不是不知道。她怎麼可能會去偷。我看，是不是哪裡有古怪？」

父親也覺得自己的女兒幹不出這種事。他愁眉苦臉的說：「可為什麼這麼大一筆錢，會突然出現在薇薇的書包中？這種事簡直是天方夜譚。誰會平白將錢塞進去？我可從來沒有聽說過這種事！這些，可都是真錢。」

錢顯然都是真的。還是女人細心，母親將錢拿起來，抖了抖，沒想到真的從那堆錢中抖出了一張折好的紙條。

父母兩人有些傻眼，整件事似乎在朝著越來越撲朔迷離的方向發展。

「打開看看。」紙條很小，不仔細看很容易忽略掉。父親猶豫了一下，吩咐母親。

薇薇的母親小心翼翼的將紙條打開，上邊用蚯蚓爬般的難看字跡，寫著幾個字，「五萬塊，是給妳女兒的買命錢。幫孩子辦個好點的葬禮吧……」

兩人看完紙條上的字，有些不明就裡。買命錢？葬禮？這究竟是什麼意思！

等他們抬起頭一臉疑惑時，突然發現，自己的女兒似乎已經有好幾分鐘沒有發出過聲音了。

「薇薇，薇薇，妳怎麼了？」爸爸猛然驚駭的大叫起來，只見剛剛還在自己身旁的女兒李薇，現在居然倒在了地上。

昏迷不醒！

「之後，薇薇的狀況就每況愈下。」李強低著腦袋，看自己的腳趾頭：「我作為父親，居然沒能力保護自己的女兒。我真是沒用。唉，當薇薇醒來後，她就一直喊痛。一夜之間，女兒的皮膚就如同被鋒利的刀片割掉似的，全脫落下來。」

「接著是肉，化膿，腐爛。肚子也一天比一天鼓脹。像是充滿氣的氣球。你說，老天爺讓我們貧窮我們也認了。為什麼要讓我女兒受這種罪！」錚錚男兒充滿了痛苦，說著說著就流下了淚。

我和紅髮的外國妞雪珂對視兩眼，都對這個故事感到意外。沒想到李薇的病情，居然有這麼恐怖的經歷。

「那些突然出現的錢呢，你們還留著嗎？」我摸了摸下巴，覺得會不會是有人在錢上下毒。但立刻就否決了。最先接觸到錢的，是李薇的父母。如果錢上真的被下毒了，也應該是李薇的父母發病才對。

那麼兇手，肯定是透過其他的途徑，將這種恐怖的皮膚剝落症傳染給李薇的。

「沒有，都沒有了。那些錢本來我是想找到主人還了的，可是薇薇病了，我們兩夫妻都慌了。她看病需要錢，最後我們只能拿書包裡的五萬塊錢幫她治病。可是這病越是治療，花的錢越多，薇薇也病得越是厲害。」李強苦笑：「我一直都在後悔。那些錢我們根本就不該用的。」

「買命錢，辦葬禮的錢。這說不定是一種詛咒啊。本來薇薇不會病得這麼慘，可是我們動用了那筆錢來治療。所以也就把她的命給搭了進去！」

我們聽完這番話，都愣了愣。雪珂的臉色越聽越不好。我拍了拍她的肩膀，示意她先別說話：「那麼包著錢的黃紙，你們還留著嗎？」

「還留著。」李強點頭，從破爛的櫃子裡掏出了個布包，「曾經有個醫生聽了我的故事，覺得是有人蓄意傳播疾病。也向我要過那些黃紙碎片，可惜他什麼都沒有查出來。」

我將布包接過來，李薇的父親將碎片包裹得很仔細。裡邊裝著一大堆的黃色紙屑，以及少量的沒有被撕破的完整紙張。

自己取了一張稍微完整的，只看了一眼。我和雪珂都倒吸了一口冷氣。該死，這是怎麼回事？太詭異了！

只見紙上，如同符咒一般，印著沃爾德教授古堡裡發現的鬼頭錢的模樣。那冰冷陰森的臉，就彷彿魔鬼的詛咒，冰冷的死死瞅著我們看。

這種古怪的符咒，我在剛進入耳城時，透過牆上一個神秘小孔也曾見到過。當時一個形跡可疑的神秘年輕人將這東西給了四合院裡的一個孕婦焚燒……

可為什麼同樣的符咒，竟然也出現在了李強家。這東西和李薇的怪病，有實質的關聯嗎？那個怪年輕人，他身上究竟隱藏著什麼秘密。為什麼要把這麼恐怖的符咒四處傳播？他到底有什麼目的！

我的心十分沉重。光只是印著鬼頭錢那張臉的符咒，都能引出如此多的怪異事情。我被鬼頭錢詛咒了，是被詛咒的主體。到底會有多麼可怕的災難，將要落在自己的身上？

越想越是害怕。

又問了李強好幾個問題，例如李薇是哪裡買的零食，當天回家的路線是怎樣的後。我才失魂落魄的帶著同樣有些心不在焉的雪珂，就近隨便找了一家旅館，住了下來。

當太陽低垂，將最後一絲光線都湮滅在了城市的邊緣時。我背部的異常又一次痛了起來，這一次，痛入骨髓。

我剛一踏入房門，整個人就痛得暈了過去！

第七章 鬼頭錢的詛咒

皮肉彷彿要被剝離般的疼，骨頭像是有一把刀在切割著。不知道那蝕骨的疼痛是什麼時候消失的，也不知道究竟昏迷了多久。

我突然驚醒過來。

自己趴在床上，身上的衣服已經被脫掉了。

書呆子雪珂的表情陰晴不定。

「你醒了？」她沒有抬頭看我，只是死死的盯著我的背部看。看得我都覺得有些不太好意思了。

我坐起身，「妳在看什麼？」

「你剛才暈過去了。我好不容易才把你抬到床上來。」紅髮的外國妞語氣有些結巴，咬了咬牙，這才接著道：「你背上，有個十分不好的東西。」

「我知道。」我冷淡的將衣服穿起來。

雪珂瞪著我，「你知道，卻一直都沒有告訴我。」

「我為什麼要告訴妳。」我反手隔著衣服摸到了自己的背，背上的凸起，越來越大了。早在離開沃爾德教授的古堡後，我就發現鬼頭錢落入的位置，出現了一個紅點。

隨著時間拉長，紅點也變化起來。

你妹的，沃爾德所謂的「萬鬼運財術」沒給老子帶來財運，卻給我帶來了完全搞不清楚究竟會變成怎樣的詛咒。看那四合院，以及李薇的遭遇。似乎只要扯上了鬼頭錢的邊，都沒什麼好事。

雪珂嘆了口氣，「夜不語先生，你覺不覺得這個詭異的耳城，不知為何對我們身上的詛咒，似乎有恐怖的催化作用？」

我同樣嘆了口氣，「妳身上的詛咒，是什麼？」

「你自己看吧。」外國妞就是開放，她直接脫掉了身上薄薄的連身裙，雪白的背部就那麼裸露了出來。

不過我卻絲毫沒有欣賞美女的心情。黑色的前扣胸罩底下，有一個小小的泛著青銅光澤的黑點。不仔細看的話，會誤認為是一種用銅彩描上去的紋身。可當我的視線接觸到那個黑點時，整個人都感覺到一股滲入骨髓的冰冷。

那是一個直徑大約兩公分的鬼臉。鬼頭錢的臉！原本鬼錢的眼睛緊閉著，但已經瞇開了一條縫，似乎拚命想要張開！

光是想想都驚悚不已。當背上的那枚鬼頭錢的眼睛，真的全部張開的時候，究竟會發生什麼可怕的事情？難以想像！

「怎麼樣，和你身上的一樣吧？自從來了耳城後，就變這樣了。」雪珂安靜的穿回衣服。這個堅強的荷蘭女子有一股知識女性的恬靜感，哪怕明明很恐懼，仍舊會用平平靜靜的聲線說話：「詛咒，在加速。」

不錯，她身上鬼頭錢痕跡除了大小以外，跟我背上的幾乎一模一樣。自從到了耳城後，我背上的鬼頭錢已經佔滿了整張背部皮膚，駭人得很。那半睜未睜的眼中，彷彿隨時會射出無比邪惡的視線來。

一想到這人頭長在自己的背上，我就沒法安眠。

「夜不語先生，你說當鬼頭錢的眼睛睜開時，我們會不會變得和小女孩李薇一樣？皮膚脫落，骨肉分離，肚子鼓脹，痛不欲生？」雪珂用了一連串的形容詞。

我輕輕搖了搖頭，苦笑，「或許會更慘，特別是我。到時候能變得如同李薇那樣，說不定已經是最好的結果了。」

聽完我這句話，紅髮小妞渾身嚇得抖了抖，狠狠罵道：「沃爾德教授好歹毒，他做人怎麼能那樣！」

「他也是被人坑了。何況那混蛋死前，也給了我足夠的訊息。」我撇撇嘴。

雪珂眼睫毛一抖，「他不是什麼都不肯說就自殺了嗎？」

「不，他確實給了我很多資訊。」我一邊掏出平板，整理今天收集到的資料，一邊解釋，「他臨死前本來是想說什麼的，可突然改了口。那意味著教授知道古堡中，有那個勢力的人在盯著他。他清楚得很，哪怕有心說出來，可能在說之前，就會被滅口。」

「所以他才罵了一句『你們卑鄙的中國人』。」我的語氣在這裡頓了頓，「這意味著，給他鬼頭錢的，是某個擁有華人勢力的人。更重要的是，他在我手心裡寫了三個字。」

「劉曉偉。」我搖了搖腦袋：「可是這世上叫做劉曉偉的實在太多了，我至今都查不到那是怎樣的一個人。不過我們要加快調查速度了，說不定，真正的鬼頭錢就在耳城。」

「真正的鬼頭錢？什麼意思。」雪珂有些不解，「我們不是一直遇到鬼頭錢嗎？何來真正的一說？」

「看來妳還沒能理解這整件事隱藏著的真正的線索。黃紙上的鬼頭錢符咒，明顯是用鬼頭錢拓印的。而沃爾德教授城堡裡的，更是現代工藝品。自始至終，我們都沒有見到過那些真正的鬼頭錢。最重要的是，妳看這個！」

我從平板裡調出一張照片，那是中國春秋時期的一枚鬼頭錢，「這才是真正的鬼頭錢。但是我們一直以來遇到的鬼頭錢，都跟這枚不太一樣。這意味著，說不定有些地方，我們都想錯了。」

螢幕上，我將兩枚鬼頭錢做了比對，兩枚錢幣很相似，但僅僅只是相似而已，「孫叔敖製造的鬼頭錢，是貝幣的變形體。鬼臉用的是標準化的臉，甚至不像人類。但是這枚有著詛咒力量的鬼頭錢，根本不對。」

講到這兒，雪珂終於明白了，她只感覺手腳發冷，「果然，右邊這枚如同詛咒般刻在我們身上的鬼頭錢，似乎更像是一張人類的臉，一個東方人的臉！」

我點頭。不久前，當發現這個秘密的時候，自己也是驚恐不已，「我們身上的詛咒，是活生生的人臉咒。鬼頭錢上的臉孔，說不定正是當初的工匠，按照某一個真實存在過的人鑄造的。可這個人究竟是誰，為什麼會將自己的臉鑄造成鬼頭錢？這個是我們迫切需要調查的。」

不錯，這也是解開詛咒最關鍵的線索。古人總是有許多迷信的忌諱，不可能沒緣由的用自己的臉當作鑄造鬼頭錢的原型。況且歷朝歷代，擅自鑄造錢幣都是違法的。所以哪怕那個人真的鑄造了，也不可能造太多。

一張普普通通的人臉也就罷了，為什麼會造成如此多恐怖的現象。一切的一切，彷彿亂麻一般，糾纏在我的腦袋中，令我的頭不停的發痛。

詛咒在惡化，時間，或許已經剩下不多了。

誰知道鬼臉上的眼睛，什麼時候會毫無徵兆的睜開！

我看著窗外的霓虹燈，這個小城市實在太小了，站在酒店的落地窗前，就能將邊界線看得清清楚楚。可正是如此小，如此不起眼的城市裡，似乎流淌著某種邪惡。無數人在這股邪惡詛咒中，面臨著生死噩夢。

如果不能儘快解開鬼頭錢的秘密。恐怕整座都市，都會在鬼頭錢的詛咒裡，變得和小女孩李薇一般，骨肉崩潰而最終慘死。

畢竟，沃爾德城堡以及符咒上的鬼頭錢的本體，肯定就隱藏在城市的某個角落中！潛伏，蔓延！然後咬住蒼生的命，狠狠拖入地獄！

那一晚，我根本就睡不踏實，噩夢連連。所以天還沒亮，自己已經醒來。簡單洗漱完畢後，拖著睡姿不雅，完全處於迷濛狀態的紅髮小妞雪珂，將她塞進車裡。

今天，實在是有太多需要調查的東西了！時間，根本就不夠用。

今早的耳城，仍舊沒有絲毫異狀。作為一個小城市，其中的居民有著屬於自己的慵懶。朦朦亮的天空下，只有幾個賣早點的小攤子，用三輪車拉著，就著街道的邊緣鋪張開來。撐著一支遮陽傘，擺了幾張桌椅，外帶一溜煙香味十足的食物氣息。

我的肚子不爭氣的咕噥了幾下，乾脆又拖著迷迷糊糊的雪珂跑去吃了早點，這才坐回車上，準備行動。

「這麼早拖我出來，究竟是想要幹嘛啊？」紅髮小妞填滿了胃，這才清醒了，抱怨道。

我開始掰手指，「耳城裡的謎太多了，先一個一個的來。首先是李薇的事，她買東西的那家小雜貨店很有問題。」

雪珂摸了摸腦袋，深以為然，「聽李強的描述，雜貨店的老闆確實有些可疑。」

「所以我準備先去看看。」我用視線打量著不遠處的那條巷子，「走吧。」

不由分說的，自己再次拉著她走進小巷中。這條巷子是耳城唯一的農貿市場的必經之路，巷子兩側有許多零食店。畢竟周圍有三所學校，誰不知道小孩子的錢最好賺呢？

根據李強的說法，我很快就找到李薇曾經光顧過的零食店前。清晨的小巷十分陰冷，很少會有人在這條古舊的街上來來往往。

沒有街燈。太陽也沒升起來，昏暗將整個世界渲染得猶如異界。被周圍的冷風一吹，那股詭異的恐怖感，更是強烈。

「我們為什麼非要這麼早到，如果你要盤問零食店老闆的話，也要等人家開門啊。」雪珂咕噥著。

我冷笑一聲：「為什麼我要等他開門？既然都知道老闆有問題了。如果真的是他將五萬塊錢塞入李薇的書包的，還寫了那封讓李薇的家長拿那筆錢為李薇送葬。可問題來了，為什麼，他要這麼做？」

「當然是想要詛咒李薇。」雪珂想當然的說。

我搖了搖腦袋，「沒那麼簡單。他和李薇素不相識，為什麼要詛咒她。一個人做事情，不可能沒有目的。李薇怪病的來源，如果真的是那筆錢和零食店老闆的關係。那麼零食店中，說不定就隱藏著某些線索。」

「啊！」紅髮書呆子總算明白過來，她指著我，張大嘴巴，「怪不得你要等冷清的早晨，該不會是想擅自溜進零食店吧。這可是犯罪！」

「呵呵，犯罪？別傻了！」我「噗嗤」一聲笑起來，這女孩可真是天真，「被人發現了才是犯罪。沒被發現的就沒有罪。」

說著，自己掏出開鎖器，蹲下身。零食店用的是老舊的鐵捲門，我沒花太多功夫就將鎖給打開了。

隨著「吱呀」一聲輕響，鐵捲門被拉起來，露出了更加黑暗陰森的店內空間。

「快進去。」我示意雪珂。

「怪可怕的，這地方。」

「真好笑，妳也是學博物學的。學科中有一門人類典型心理，講述的就是人類為什麼會怕黑。那都是遠古人類在叢林中時，被黑暗森林效應所控制的基因帶來的。」我絲毫沒有憐香惜玉的心情，在她挺翹的屁股上踢了一腳，將她踢了進去。

雪丫頭氣得使勁的瞪我，「可博物學中可沒有教你被詛咒了該怎麼做。」

「那只是證明博物學的學科分支還不夠廣。妳這次能活著回去的話，說不定能開創一門『漫談應對詛咒的自我修養和正確姿勢』的基本科學咧。」我漫不經心的跟她扯著有的沒有的，一邊關鐵捲門，然後掏出手機，打開手電筒。

一束冰冷的光，劃破了黑暗。

雜貨店不大，大約只有十坪大。琳琅滿目的擺著許多過時的零食，看得我恍然覺得進入了八〇年代。

大部分早已經在大城市絕跡的，由小廠出產的零食因為價格便宜的緣故，在小城市繼續發光發熱。難怪捨不得花錢的李薇會捨得花一塊錢買兩種零食。

雪珂的神經很敏感，她突然摸了摸背：「夜不語先生，你覺不覺得，背上的那個鬼臉在發燙？」

「發燙？」我愣了一下，卻沒怎麼感覺出來。不過她的話卻令我更加謹慎了。但凡異狀，肯定有它出現的道理。果然小雜貨店是有問題的嗎？

我不敢多耽擱，俐落的搜索了整間雜貨店，但卻什麼線索都沒有找到。皺了皺眉頭，我順著牆壁摸索起來。這間小雜貨店是兩層樓建築的一樓，屬於當地居民的自建房。排屋的格局表示內部一定有通往二樓的階梯。

無論是哪種類型的商店，無論貨物多少。肯定需要有備貨的空間，堆放貨物的地方，極有可能就是二樓。

果然，沒一會兒就找到了通往二樓的梯子，就是一道簡單的木梯而已，往下一壓，天花板上就出現了一個小洞。話說小雜貨店的老闆還真有閒情逸致，居然弄了這麼個隱蔽的機關。

不知道是為了節省空間，還是另有所圖！

我爬上梯子，頭剛探出去，眼睛就能夠看到裡邊的景象。同時，自己整個人也幾乎凍結。只見偌大的二樓，根本就沒有常識中應該有的成箱的零食。

什麼都沒有。

只有滿牆由黃紙製作的符咒。每一張符咒上，都有一張鬼頭錢的臉。每一張臉，每一張臉，都半睜著雙眼，似乎正努力的將眸子張開，露出令人驚駭的視線。

我手腳冰冷的爬了進去。雪珂上來後，嚇得險些尖叫出聲。

「怎麼，這裡怎麼有這麼多的符咒？」她渾身都在發抖。

被符咒上的鬼臉一瞅，她覺得自己背上的鬼臉也拚了命似的發燙，燙得衣服都快要燃燒起來。

二樓的大小和一樓相同，大約十坪大。整體格局似乎在最近改動過。沒有門窗，方方正正的四面牆好像就是為了符咒準備的空間。除了最中央有個能落腳的小地方外，就連天花板以及地板上，都貼滿了鬼臉符。

密密麻麻的鬼臉符咒，並不是亂七八糟的貼著。我越看越覺得每一張貼著的位置都有講究。

「雪丫頭，數一數符咒總共有多少張！」我低沉著聲音，吩咐道。

雪珂也感覺到房子裡的符咒有些詭異，於是趕緊照著我的要求做。她仔細數了一遍，「一共是一百零八張。」

「沒錯，和我數的一樣。一百零八，在玄學上，代表著數之極。能延伸出三億六千五百萬種變化。」我皺著眉，最近自己皺眉次數太多，都快在皮膚上留下痕跡了，「先撇開玄學不談，沃爾德古堡中的偽劣鬼頭錢，在他那個亂七八糟的陣法中的數量，也正是一百零八枚。」

雪丫頭不笨，她頓時明白了我的意思，驚訝道：「夜不語先生，你是不是想說，給沃爾德教授冒牌鬼頭錢的勢力，就在耳城？」

「不錯。」我重重的點頭：「肯定有人在耳城大量的用青銅以及黃紙製造冒牌鬼頭錢和鬼臉符咒。」

「可我有一些搞不懂，既然是冒牌的，為什麼也會引發超自然的現象？」書呆子問。

我撓了撓腦袋，「這一點，也是我極力想要弄清楚的。」

話說到這兒，我們同時莫名其妙的沉默下來。事件越來越撲朔迷離，繞得人頭暈腦脹。耳城背後隱藏的組織，究竟有什麼目的？唉，該死，這些超級討厭的神秘組織一個個怪腔怪調得很，簡直沒有組織沒有紀律。甚至我這輩子遇到了那麼多的組織，可就連任何一個的目的，都沒有搞清楚過。

楊俊飛的偵探社，嚴格上來說，也屬於某一種隱藏很深的神秘勢力。

算了算了，不去猜測他們的該死的目的了。

我躊躇了一下，覺得還是該先從解開自己、柯凡森老師以及雪珂身上的詛咒開始著手。其他的，哪管得了那麼多。哪怕那些個組織真的要跳出來腦殘的毀滅世界，自然也有個子高的人頂著。

作為新時代的青年，價值觀必須要正。首先要自己活下去了，才有資格走下一步棋。

既然已經判斷出了這些符咒和沃爾德城堡的有所關聯，那麼是不是也能夠找到這些符咒貼出來的目的呢？

我摸索著，在地板上右側的隔板下，找到了一個隱藏的小小黑色盒子。

將盒子打開，一張被鬼臉符咒包裹得嚴嚴實實的小包裹就出現在了眼前。我動作俐落的將其拆開，頓時一張照片躍入眼簾。

照片上是一個十多歲的小女孩，長得有些像李強。

「是李薇！」患有東方人臉盲症的書呆子都瞅出了照片的來歷。

照片中的場景是小雜貨店，李薇正在聚精會神的選購零食。她幼稚可愛的臉被偷拍得異常清晰。

我愣了愣，打量著盒子。這個黑色的小盒子內部刻著許多怪異的圖案，彷彿一個人的臉，「這居然是一個陰陽盒！」

「陰陽盒？什麼玩意兒！」雪珂沒聽懂。

「所謂的陰陽盒，最早出現於秦朝。當時秦始皇沉迷長生不老，命令天下所有的道士煉製長生不老藥。不過長生不老藥哪裡有那麼容易搞出來，於是一些道士弄了旁門邪道。」我敲了敲眼前的陰陽盒，撇撇嘴：「其中這個陰陽盒，就是那時候研究出來的。」

「顧名思義，陰陽盒，有陽面就有陰面。」我不斷尋找陰面的機關：「放著李薇照片的就是陽面。據說，陰陽盒在某種邪惡陣法的作用下，會讓陽面的人，將壽命送給陰面的傢伙。」

「好奇幻！」紅髮小妞聽了，笑道：「像是在聽典型的歐洲邪惡煉金術師的傳記。」

「可不是，人類無論人種，瘋狂的人在哪裡都是瘋子。瘋子的世界，我們正常人永遠都不懂。」

終於，盒子上的暗門被我摸到了。輕輕按下去，就發出了「喀嗟」的聲響：「沒有猜錯的話，李薇之所以變得那麼慘，肯定和小雜貨店老闆佈下的壽命輸送陣法有關！」

盒子底部頓時彈開，一個小小的同樣用鬼臉符包裹的物體掉了下來。

我熟門熟道的將其扯開，果不其然，裡邊是一張照片。

一個乾枯的小老頭在照片裡陰惻惻的笑著，骷髏般恐怖臉孔上的雙眼正一眨不眨，死死地盯著我們看。

「好可怕的小老頭。一個人怎麼能長得這麼寒酸。生下來的時候沒被父母當作妖怪淹死，簡直是福大命大啊。」沒想到悶騷的書呆子還有毒舌屬性。

她見我居然沒吐槽，不由得轉頭望過來。

一旁盯著照片看的我，早看傻了眼。這張照片上的老頭，依照李強的描述，能夠肯定絕對是這家零食店的老闆。可是為什麼，我見過他。

對，我確確實實見過這傢伙。就在昨天早晨，透過一個詭異的小洞往裡邊張望時。四合院中過世的吳老爺子用的遺照，正是這一張！

怪了，到底是怎麼了？吳老爺子是零食店的老闆，他，已經死了！李薇身上的詛咒呢？吳老爺子用五萬塊買了李薇的命。可為什麼他反而先死了？最重要的是，既然壽命輸送陣法的一方已經死去，詛咒也該失敗了才對！

但李薇的病情卻越來越嚴重，絲毫沒有復原的跡象。

中國的玄學博大精深，陣法雖然是迷信，但是卻有些利用大自然的力量為自己所用的道理。但所謂的陣法，通常是缺了一環，就會失效。

不對，肯定是哪裡出錯了……

「走！」我臉色發黑，心中湧上了一股不祥的預兆。拚命拽住雪珂的手就想逃出這陰冷無比、飽含惡意的小雜貨店。

可是，已經太遲了。

就在我們逃到一樓，還沒來得及跑出去的一瞬間，異變突生！

第八章 橫財搶命

時間對於每個觀察者而言都是不同的，當觀察者的速度接近光速時，其時間的流逝就趨於緩慢，相較於靜止的觀察者而言，後者的時間流逝得更快，這種現象也被稱為時間膨脹。

所以也導致了以接近光速旅行的冒險者回到地球後，他會發現身邊的人都老了，而自己仍然年輕。

有哲學家曾經說，人類唯一能超過光速的東西，就是思緒。

不知道這種哲學思想在物理上有沒有用。那一刻，二樓的鬼臉符像是被什麼啟動了一般，本來只張開了一條縫的眼睛，全都又敞開了些，露出了些許眼白。

就只是露出眼白罷了，空氣竟然被一股壓抑的氣息壓縮。我和雪珂的腿猶如猛然間變重了千萬倍，連帶著背上也傳來一陣陣的熾熱。

陷阱。這間小雜貨店絕對是一個陷阱。

可要對付的對象，顯然不是我們，否則我和雪丫頭早就死了。現在雖然自己和雪珂還躺在地上，無法呼吸甚至難以喘氣。但至少我們還活著。

當然還能活多久，誰也無法確定。

四周的空氣在抽離，不停的往零食店的二樓竄入。處於風口位置的我們，因為負壓實在太大，體內的血管幾乎要爆掉了。

在昏迷的前一刻，一個黑漆漆的人影走了過來。他看了我們幾眼，嘆了口氣。之後？我徹底暈了過去。不是被負壓弄暈的，而是被那混蛋打昏的。他顯然不願意我看到他的臉。

又是不知道昏迷了多久。當我清醒過來時，身旁的雪珂也是剛醒過來，她正摸著自己的腦袋，我敲了敲頭，視線好不容易才恢復正常。

我們躺在一塊空地上，惡臭熏天，旁邊便是耳城的某個垃圾處理區之一。

「臭死了！」不愧是女孩，一醒來還來不及思考，就本能的厭惡糟糕環境，「這是哪？」

「應該在雜貨店附近。」我掏出手機看了看地圖：「靠，居然昏了接近一個小時。這個城市還真是萬惡，明明有人看到一個帥哥和一位外國美妞躺在垃圾堆裡，居然沒有任何人打電話報警。」

雪珂擦了擦自己的眼鏡，伸手指著：「或許是因為所有人都跑那去了！」

只見她手指的地方，黑壓壓的圍了許多人。救護車、消防車和警車閃著頂燈，正忙碌的穿梭個不停。

那位置，似乎正是詭異零食店的方向。

「去看看。」我皺著眉，內心有些不安。

當我們趕過去時，才發現事情真的大條了。整間零食店彷彿遭遇了一場難以解釋的爆炸！不，硬要說是爆炸的話，恐怕也很難解釋得清楚如此詭異的狀況。

零食店位於排屋的中段。所謂的排屋，本來就是在一條直線上修建起來的幾棟或者幾十棟一模一樣大小的屋子。

屋子通常自建或者由開發商統建，所有的規格都是相同的。零食店所在的街道，就是由兩座平行的排屋組成，足足有百來公尺長。

互相連接在一起的排屋，眼下出現了難以理解的狀況。甚至沒人能解釋得清楚。零食店猶如用刀割掉了中間一塊的長方形蛋糕，整個塌了下去。如果真的是爆炸的話，根本不可能出現那麼精確的塌陷。

兩旁的房子總會被波及。

可是零食店兩側的屋子，絲毫都沒有任何損傷。就連牆壁都還好好的，甚至沒有裂痕。但是零食店卻消失了……

僅僅剩下些許殘骸。整間屋子，只剩殘骸貼著低矮的地基，其餘的部分就彷彿人間蒸發似的消失得乾乾淨淨。請原諒我，實在是無法用匱乏的詞彙，形容那家店究竟怎麼了！

警察和消防員全都傻了眼，他們拉起警戒線，臉色嚇得發青發紫。附近的鄰居指指點點，表情同樣不怎麼好看。

「造孽啊，老吳死得不明不白，連他的零食店都受到了牽連。我就說橫財不是那麼容易得來的嘛。」不遠處一個老者摸著鬍子，感慨連連。

我將話聽在耳中，這老者似乎知道些內情。於是自己連忙走上前，禮貌的問：「老先生，您是這家零食店老闆的鄰居？」

「是鄰居！」他點頭。

我裝出一臉好奇的模樣，「剛才聽您說，老闆似乎姓吳？他身上發生了什麼怪事嗎？我挺感興趣的。」

聽到這，老者立刻閉了嘴，用力搖腦袋：「說不得，說不得。說了怪事指不定就發生在我身上嘍。」

一陣好說歹說，又是賣萌又是自稱晚輩。老者平時或許也孤單得很，耐不住我磨，終於被我追到老茶館，一杯茶水下去，話匣子也如同茶水一般，流了出來。

「要說這老吳，也是有運氣的人，不該橫死的。要怪就只能怪他貪財。唉，我也就只在這兒說說。事情啊，要從一個月前說起……」

一個月之前，吳老頭零食店的地板下，出現了一件怪事。

吳老頭出名的倔強，他一輩子最自豪的有兩件事。第一，他有兩個兒子一個女兒。雖然老伴早死，但是兒女們都還算孝順。努力賺了一輩子錢，終於讓兩個兒子娶了媳婦，有了孫子。

女兒雖然嫁得不好，但是婆家殷實，也算不錯了。

第二件事，就是從前的地拆遷後，政府在五年前給他們農貿市場附近統一修建的排屋店面，用來做些小生意，賺錢生存。

由於附近有學校，吳老頭開了家零食店。雖然賺的不多，但是補貼家用也夠了。畢竟人老了，食衣住行能省就省，花不了多少錢。

可最近，本來滿滿幸福的他，遇到了煩心的事。

寶貝一般的零食鋪子，不知從哪天開始，出現了些怪事。不，確切的說，是最中間的貨架出了問題。

那天，吳老頭一早開了門，他急急忙忙的為貨架上缺了的商品補貨。平時老頭本來會晚上就補好的，可是昨晚臨時有事，走得急。

「這裡，前一天有幾個小鬼頭買了棒棒糖。這裡，缺了泡泡糖和一些小玩具。還有這裡……」突然，唸唸叨叨的他猛地手一抖。從二樓拿來的貨物也隨著他停止的動作，而停在了半空中。

最中間的貨架，赫然擠得整整齊齊，一個空缺都沒有。怪事，明明中間貨架從來都是擺放最稀奇的零食和玩具，賣得最好。可怎麼自己清楚記得有空缺的位置，已經擺滿了呢？

簡直是見了鬼了。是誰大晚上的做好人好事，替他整理貨架了？難道有賊！吳老頭頓時急起來，他趕忙盤點了收銀機。可收銀機裡的零錢一點都沒少，店裡的貨也沒有遺失。不，不光是沒有少。最詭異的是，貨反而還多了。

老一輩的人吃過苦，所以做事情很有耐心。吳老頭可沒得阿茲海默症，而這麼小的店，也雇不起員工。店裡有多少商品，二樓的存貨有多少，他都記得清清楚楚。別的貨架都沒問題，可最中間的都是新奇玩意兒，特別是最近許多男孩喜歡的第三代變形金剛，明明都賣光了。只剩下擺在貨架上的最後一個。連二樓都沒有庫存了。偏偏在沒有庫存的狀況下，變形金剛卻擺滿了一整排的貨架。那些被裝在包裝中的變形金剛模型冰冷陰森，看在老人眼中，猶如厲鬼。

同樣的狀況，中間貨架的其他商品，也出現了。每一個空缺的貨物位置，在今天早晨，都被補滿。而二樓的庫存仍舊好好地躺在箱子裡，根本沒動過。

老人懵了，有些搞不懂是怎麼回事。哪個賊會跑進自己寒酸的零食店裡不偷東西，反而替他補貨，還是自己掏錢買來的。

不對！有些不太對！

吳老頭突然反應過來。他衝過去拿起變形金剛。店裡剩下的最後一個變形金剛之所以剩下，是因為有瑕疵。

他將變形金剛從盒子裡取出來，動了動模型的左手臂。左臂頓時掉了下來，似乎是連接處少了一根螺絲。

吳老頭皺了皺眉，走到了神秘出現的第二個模型前。變形金剛的包裝和第一個一模一樣，同樣拆過封。他搖了搖模型的左手，變形金剛的手臂也立刻掉了下來。同樣的情況，完全同樣的發生在剩下的所有離奇出現的變形金剛上。

不久後，吳老頭又發現了其他的異狀。補齊的貨物，如同真正貨物的複製品，從編碼到瑕疵，全都是一樣的。

事情越來越撲朔迷離。這到底是怎麼回事？誰想整自己這個糟老頭？他不過是個普通得不能再普通的小老頭而已，怎麼可能值得別人捉弄，畢竟要弄一模一樣的貨物出來，也是需要錢的。

於情於理，這都想不通啊。再說了，他這輩子人和氣，沒什麼仇家。

那麼問題就來了，為什麼自己貨架上的商品會自行複製。又或者是誰搞的鬼？

由於想不通，吳老頭被這件奇怪的事情弄得魂不守舍，好不容易捱過了這一天。當天晚上，他故意沒有將貨架補滿。

第二天一早，神奇的事情再次發生。本來賣掉的商品，再次在貨架上補齊。而庫存仍舊好好的躺在箱子裡。這意味著，在沒有人動用自己庫存的狀況下，商品又自行複製了！

簡直太怪了！

吳老頭扣著腦袋，實在不知道是該怕，還是該高興。一本萬利的買賣，落在誰頭上，都應該高興才對。可吳老頭就是高興不起來，他總覺得整件事都透著一股陰森恐怖。

就這麼過了四五天，第二個異常狀況，出現了！

最近幾天在他店裡買了零食的那些孩子們，湧了進來，他們欣喜若狂。據說是吃了吳老頭家的零食後，突然腦袋清醒了，記憶變好了，人要怎麼舒服就怎麼舒服。他家的零食簡直是十全大補丸，就連考試成績都比平時高了好幾分。

零食店的名聲頓時一傳十、十傳百，最後不光是小孩，就連大人也趨之若鶩的跑到零食店來買屬於小孩子的零食。

人類總是一窩蜂的行動，一種傳言傳多了，就會變成真實。

在零食店買過零食的大人們，在一天之後也成了吳老頭家小店的死忠顧客。據說這些大人吃了他的零食後，沒了病痛，精神安定，從事體力勞動的都能多跑幾趟。而從事腦力勞動的，簡直像受到繆思女神加持，寫起程式、文案，那叫刷刷刷的一個順溜。

搞得當地的電視台都跑來採訪吳老頭，說吳老頭店裡的風水是不是有什麼講究，才會賦予普通商品神奇的魔力。

屁的風水！

雖然小店的生意好到爆，每天一到中午貨架就會賣空。而他也不再需要補貨，只需要預先在貨架上隨便放上一個明天希望擺滿的貨物，第二天一早拉開鐵捲門，貨架準是滿的。

詭異的情況，不斷地重複。原本不知名，只夠貼補家用的零食店最後居然能賺那麼多錢。本來吳老頭是應該欣喜不已的。可他偏偏就是完全高興不起來。他內心惶惶不安，老是感到不踏實。

最後，還沒有被那股不踏實感壓塌，反而是他的身體，先塌了。

從來就不怎麼生病的吳老頭，開始體弱多病。十天而已，就整個消瘦下去。本來自己極為疼愛、和自己很親近的二孫子看到他後，居然嚇得跳起來。吳老頭這才從鏡子裡看清楚了自己的臉。

那是怎樣可怕的一張臉？陷下去的眼眶，凹進去的兩腮，簡直就是皮包骨的骷髏！

怎麼十天而已，很有富態的自己，從微胖的體型，瘦成了這副鬼模樣。這還是自己的臉嗎？

吳老頭不停的摸著自己的臉，他突然一咬牙。

不行！絕對不能再這樣下去，否則真的會死。自己不合常理的變瘦，肯定有原因。想來想去，吳老頭都覺得原因出在不停自己補滿的貨架上。

怪事只出現在最中間的那排貨架。

吳老頭最後決定，將那排貨架的地板挖開，看看底下究竟藏著什麼鬼東西！

沒想到那麼一挖，真挖出了問題來！

盧憲英是耳城工地的鑽機師傅，老手了，操作小型轉機非常得心應手。他是吳老頭沾著邊的遠房親戚。

那天，很久沒有見面的吳老頭突然出現在盧憲英面前，把這個年近五十的中年人嚇了一大跳。只見這位血緣關係遠到不能再遠的親戚，操著沙啞如同喉嚨裡有磨刀石在碰撞的聲音，到工地來跟自己打招呼，「老盧啊，最近在幹啥？」

「你誰啊。」盧憲英被那人的模樣嚇到了。

「我啊，我老吳。你表表表舅子。」吳老頭指著自己的臉。那張骷髏臉瘦得如同風乾了般，能止小兒夜啼。

盧憲英愣了愣，「你咋變這麼恐怖了？」

「不好說，不好說。」吳老頭嘆了口氣，突然神秘兮兮起來：「有樁買賣，要不要做？幫我的。」

「就你那窮酸模樣，能有啥工地的活讓我幹，還買賣咧。」盧憲英搖頭。

吳老頭急起來，「給你一萬塊錢，你幫我兩天，就用小鑽頭挖一塊地。」

「就挖一塊地，給一萬？兩天？」盧憲英有些不信。

吳老頭扔了一疊錢給他，「要還是不要？」

「要得，要得。」將沉甸甸的錢揣入兜裡，盧憲英頓時喜笑顏開。自己家這位遠房親戚可是出名的吝嗇。就是不知道今天發了什麼瘋，居然大手筆。一萬塊咧，夠自己在工地苦幹好幾個月了。

「嘴巴緊一點，不論挖出什麼來，都不要作聲。」吳老頭要他帶著工具回自己的雜貨店，一路不停的叮囑。

盧憲英連連點頭，「咱們親戚家還不知道我的性子，嘴巴嚴實著咧。該說不該說的，咱都不說。」

中午的陽光照在耳城，顯得有些炙熱。蒸籠一般濕熱的空氣，卻在零食店周圍蒸騰開，彷彿是開了一扇地獄門，說不出的詭異。

吳老頭打開門，走了幾步，然後要盧憲英把最中央堆滿的貨架移走，然後在地上踩了踩，「就是這一塊。幫我全都挖開！」

盧憲英點頭道：「行。」

說著就準備上傢伙，沒想到吳老頭絲毫沒有離開的意思，仍舊站在那塊要挖開的地方，沒挪動。他有些鬱悶：「老爺子你離遠一些，小心石頭砸中你。」

吳老頭往後退了兩步，沒退多遠，又停了。

「再遠點。就你那虛弱的身子骨，幾粒灰塵都能砸穿你。」盧憲英揮著手示意他繼續往後退。

「不礙事。」結果吳老頭反對起來，不死不活的吐出這三個字。

盧憲英沒辦法，只能幫小鑽頭插電，幹起活來。

在地上挖坑，需要技術。小雜貨店所屬的排屋品質並不好，由於只有兩層，所以連地基都很淺，鑽頭破開水泥後，便一路暢通。挖地用的小鑽頭不停的旋轉，就這樣挖了大約一公尺，突然，機器發生了碰撞般的難聽響聲。

「咋了？」盧憲英咕噥兩聲，再次按下機器的按鈕。

小型鑽機又響了兩聲後，徹底熄了火。

「咋回事？」一旁的吳老頭急切的問。

他在頭上抹了把汗，隨意甩地上，「應該是碰到了石頭。怪事，老子才換了鑽子。這機器平時切石頭像切菜似的，咋個就打不下去了咧！難不成是機器出問題了？」

盧憲英害怕真的把機器弄壞了。畢竟這是偷拿了工地的機器來幹私活，機器要是壞了可就洩底了。沒辦法，他只得先將埋在地下的鑽頭取出檢查，但鑽頭沒有任何問題。

「你搞得定嗎？」吳老頭見他一臉疑惑，更急了。

「搞得定，搞得定。」既然機器沒問題，大概就真的是地下有問題了。盧憲英用機器在土裡試探著，花了將近一個小時，終於發現地下一公尺深的位置，似乎有塊大石頭。

那石頭奇硬無比，單憑自己的鑽頭居然鑽不碎。

他皺了皺眉，決定先將大石頭周圍的土全部清理乾淨，再將它挖出來。清泥土就很輕鬆了，幹慣了工地的活，再加上吳老頭催促。又花了一個多小時，雜貨店最中央貨架下方的石頭，終於露出了形狀。

等他們看清楚土裡埋的是啥時，兩人同時傻了眼。那確實是一塊石頭，卻絕對不是普通的石頭。大約一點五公尺高，寬兩公尺。石頭表面都被白色岩石包裹，白色岩石外層又被鑽頭磨破的地方，露出了黑色的岩層。

岩石的石質與周圍有明顯不同，像是有人特意扔進土裡埋起來的。

乾枯的吳老頭竟然跳下坑，用手摸了摸，「小盧啊，你覺不覺得外層的岩石不太像岩石？」

「這確實不是岩石，是混凝土。」盧憲英眨巴著眼。黑色岩石上，包裹了一層混凝土。這更讓他確定，肯定是有人將這玩意故意埋起來的。

吳老頭吃力的嚥下一口唾液，「能把這層混凝土弄開嗎？」

「這倒是不難。」盧憲英找來一把電鑽，俐落的剝起混凝土來。混凝土確實挺好剝的，可內部的黑色岩石，硬度極高，合金的鑽頭只要碰到那黑漆漆的顏色，頓時就發出高熱，沒幾秒就會嚴重磨損。

不知弄壞了多少合金鑽頭，盧憲英揮汗如雨，終於在日頭快要落山前，將那怪東西弄了個大概。

「啥怪玩意兒啊，看起來像是橢圓形，背上還有條紋，該不會是一隻烏龜吧？」盧憲英瞪著眼前那黑漆漆的怪石。

只見怪石明顯呈烏龜狀，主體部分石頭長一公尺，寬約九十公分。石質緊密，邊緣還有黑色的裙邊。龜背上揹著一個怪模怪樣，像桶子一般的物體，那桶子通體繪刻著某種玄妙難懂的圖案。

盧憲英越看越覺得這石龜不簡單，他渾身都在發抖：「吳老頭，這石龜該不會是啥文物吧？我們要不要報告當地的文物部門？」

「給老子閉嘴。閉緊點！」吳老頭骷髏一般的眼珠子，狠狠的瞪了遠房外甥一眼。他在身上摸索一陣，又掏出一疊錢，扔在地上：「你回去吧。別大嘴巴，不准對任何人說。」

「跟我婆娘都不能說？」盧憲英將錢趕緊塞口袋。

吳老頭冷哼一聲，灰白的眼珠子死死地盯著石龜看，「婆娘也不能說。否則給你的錢，你都給老子吐回來。」

盧憲英伸了伸舌頭，咕噥道：「不說就不說吧。」

在吳老頭不停的叫滾聲中，他最終疑慮重重的離開了。就著快要落下的夕陽，零食店內，吳老頭的影子耷拉在石龜背部的桶上，顯得極為陰森。

這也是盧憲英最後一次看到吳老頭。

第九章 線索

故事的離奇超出了想像，一間普普通通的小雜貨店，貨架上的東西竟然會自行複製。貨架下的土裡，甚至還挖出了一只古怪的石龜。

我聽到這兒，腦袋已經混亂到了極點。紅髮的外國友人雪珂小妞顯然不比我好受多少，她用手捂住頭，一時間湧入的資訊太多，搞得她難以接受。

「最後呢，為什麼老先生，您說盧憲英是最後一次見吳老頭？」我整理了一下思緒，這才問。

老者聳了聳肩膀，飲了口茶，悠悠閒閒的道：「因為吳老頭第二天就死了。」

「第二天，死了？」我瞪大了眼睛，一臉難以置信：「這怎麼可能！」

「有什麼不可能的，我是他鄰居，我清楚得很。」老者有些奇怪的望著我：「他死之後，有個富商找到了吳老頭的家人，出高價買那只石龜。而且對吳老頭的葬禮，提出了許多的怪異要求。看在錢的份上，他們家那群不孝子全都答應了。甚至為了那一大筆錢，還鬧得家庭不寧，兄弟翻臉。唉，這個不提也罷。」

我皺著眉，「吳老頭的零食店，是一個月前出現異狀。他從有異狀到挖出石龜，大概是十多天。也就是說，他二十幾天前死的。這怎麼可能！這怎麼可能。」

自己無法控制的接連說著「不可能」。自己的疑惑，倒是令身旁的老者不開心了，他撇撇嘴，哼了一聲：「怪小子，我好心好意跟你擺龍門陣，你咋還質疑我咧？」

雪珂見老人家不爽，連忙賠禮道歉。她用力扯了扯我，我這才回過神，苦笑連連：「不好意思。老先生您的故事太稀奇了，我都聽入迷了。對了，對了。既然吳老頭把這件事當作個寶，您又是怎麼知道的？」

「這在附近可不算稀奇。」老者接受了道歉，又樂呵起來，「盧憲英本來就是個大嘴巴，藏不住話。一回家就忍不住跟自己的婆娘說了。他婆娘更是八卦，一傳十，十傳百。坊間流傳，那個吳老頭就是被盧憲英的大嘴巴給氣死的。」

老者說到這兒，語氣頓了頓：「不過啊，我覺得是那石龜邪門。那些貨架上複製出來的貨，哪裡是簡單的貨啊。飛來橫財有時候是催命符。那個不停複製商品的貨架，根本就是用他身上的骨肉複製出來的，是買命錢啊。」

「買命錢！」這三個字如同狗皮膏藥一般，貼在我的大腦皮層，怎麼都甩不掉。我整個人陷入恍惚，也不知道最後是怎麼離開老茶館的。

倒塌的零食店外，仍舊有警察在忙碌著。店鋪倒塌時，幸好屋裡屋外空無一人，所以倒是沒人受傷。警方拉起封鎖線後，政府單位派來的人員正忙著檢查附近的排屋有沒有變成危樓的可能。畢竟那間零食店，倒塌的模樣實在是太詭異了。

兩層樓高的混凝土結構，怎麼說壓扁就壓扁了。而且扁得完全不符合質量守恆定律。

同樣不符合質量守恆的，是零食店故事裡，不停自行複製的商品。不，質量守恆是基本的物理法則。或許埋在地下的石龜是真有問題。而就是因為它，使得中間貨架上的貨物，抽取了某種等價交換的物質，形成了不停複製的現象。

可，吳老頭怎麼可能在二十幾天前，就死了呢？

這是我最想不通的事情。

坐回車中，我和雪珂面面相覷。

「那個故事，你覺得可信度有多少？」紅髮荷蘭小妞問我。

我揉了揉手指，「我覺得都是真的，那老先生沒有理由騙我們。」

「可如果吳老頭的鄰居講的是真話，事情就有些無法解釋了。」雪珂面露恐懼，「我們現在手上的證據可以證明，十天前李薇才在那家已經沒有老闆的零食店買過東西，吳老頭偷偷塞了五萬塊錢給她當作買命錢。但是，但是，吳老頭明明在那之前十天就已經死了。一個死人，怎麼可能賣東西給李薇？一家沒有老闆的店，怎麼可能突然開門營業？」

雪珂渾身一陣發冷，「難道鬧鬼？」

「世上沒有鬼。」我搖頭：「裡邊一定有我們沒注意到的線索。」

「什麼線索？」紅髮小妞連聲問。

我腦子一片混亂。吳老頭陰魂不散的在我的記憶裡，出現了好幾次。昨天從牆上小孔裡看到的葬禮，居然是二十幾天前的一幕。為什麼只是透過牆壁上一個極為普通的孔，就能跨越時間和空間，讓我看到早已逝去的某一個時間點呢？

是不是意味著，那個小孔或許也和鬼頭錢有關？

以此類推，零食店中那個古怪的石龜，是不是也和鬼頭錢脫不了關係？但是兩者根本就是不同類型的事物，到底又有哪門子的關聯呢？現在死掉的吳老頭，十天後又特意為了李薇開門營業，賣零食給那個可憐的小女孩，拿五萬塊錢買了她的命。一個死人，不可能活過來。鬼，根本不存在。一定還有我沒弄清楚的地方。只要找到了那個遺落的線索，一切都能解釋清楚！

我咬著嘴唇，無論如何都覺得想不通。再繼續調查下去，說不定走進去的仍舊只是個死胡同罷了，於是我掏出手機。

「雪丫頭，想不想見證奇蹟？」我在手機的 APP 裡搜索了一陣子，最後點開了一個程式。

「奇蹟？」雪珂愣了愣：「什麼奇蹟！」

「其實一直以來，都有一個神秘的傢伙串連著耳城的各個怪異事件。說不定他能給我一個合理的答案。還記得今天早晨零食店突然出現異狀，對吧。我們險些死掉！」

我在程式裡輸入了一串密碼。

「挺驚險的。那是我為數不多的，最接近死亡的經歷。」一想到早晨的事情，雪珂就感覺心驚肉跳。那股恐怖的負壓實在太可怕了，彷彿靈魂都要被負壓抽離。

「我曾說那個零食店是個陷阱。但那陷阱明顯不是為我們這兩個小蝦米準備的。我懷疑一個神秘的年輕人與此有關。」我露出了陰險的笑，「那個年輕人古怪得很。不過他絕對沒有想到，一時做好事救了我們，卻被我在昏迷前貼上了小型追蹤器。」

APP內，一個地圖程式跳了出來。地圖中央，耳城一棟樓內，有個紅點不停的跳躍著。

頓時，我笑得更開心了。

哼哼，任你怎麼狡猾，還是被我給逮住了尾巴，救命恩人先生！

□

開車沿著追蹤器發出的信號，我們順著耳城的各條小路穿梭。總的來說，書呆子都是些無趣的人。特別是雪珂這類呆美人，跟她坐同一輛車十分的沉悶。就連平時在柯凡森老師門下學習時，經常會有的拌嘴，也因為最近一連串怪異事件，而缺少了氣力。

背上詭異的人臉詛咒在加重。整座耳城發生的怪事，我感覺一切都混亂到沒有頭緒。如同亂麻般的線索被人用剪刀剪成了一段一段，本以為理清整齊了，卻發現又陷入了另一個怪圈裡，不斷反覆。

所以找到那個人，顯得尤其重要。

追蹤器信號停留的地方，很隱蔽，應該是城郊一間廢棄的破工廠。龐大的工廠已經倒閉多時，陽光被高高的鋼製天花板遮蓋住，只剩下了黑暗。

我輕輕「噓」了一聲，示意雪珂小心跟在自己背後。工廠裡的視線不良，但我也不敢打開手機裡的手電筒，怕打草驚蛇。只得壓低背，偷偷的穿梭在各種鋼件的縫隙之間。

找了一個隱蔽的位置，暗中瞅了手機裡的追蹤地圖幾眼。紅色的小點在前方不遠處安靜的跳躍著。四周的死寂如同恬靜的翻書女孩，誰都不清楚，它會在何時變臉。

我稍微觀察了地勢，之後更加小心。越是朝裡邊走，背上的鬼臉越是熱得厲害。這是令人欣喜的預兆，至少這證明我們的目標沒有錯。藏在這兒的傢伙絕對和整件事有關！

當我們來到訊號發出的位置前，居然在隱蔽的樓梯下方找到了狗窩一般的藏身處。飲料瓶以及隨處可見的外賣食物包裝袋扔得到處都是，幾塊破木板上堆了一些泡綿，就是一張床了。

本來是個極為寒酸的住所，可當自己的視線意外的接觸到作為床的支撐物時，整個人都看傻了。靠！居然是錢！木板下密密麻麻的堆了數不清的現金，就那麼隨意的堆放著，隨意得彷彿那些全是廢紙。

我嚥了一下口水，數量這種東西很可怕。一張錢感覺不出什麼、但是一捆、一堆、一大堆出現在眼前形成了規模，就會讓人不由得失神失態。

顯然，我們都是俗人。就在失態的一瞬間，一根鋼管狠狠的從背後砸了過來。自己遇到過那麼多危險，雖然身手笨拙，但還是順利的踹開雪珂，自己也成功躲開了攻擊。

發動攻擊的傢伙對攻擊別人也很生疏，他見我們躲過之後，自己反而先慌了神。連忙朝相反的方向拔腿就逃！

攻擊者有著令我熟悉的背影，他跑得極快，幾乎是一眨眼的工夫就要消失在我的視線中。我哪裡願意再放他離開，掏出楊俊飛偵探社配給的手槍，也不瞄準，朝著那背影就是一槍。

極小的槍擊聲在偌大的空間裡顯得微不足道，但逃跑的傢伙到底是有多膽小？他居然被那完全不清楚偏離目標多遠的子彈嚇得一屁股坐在了地上！

「舉起手，別動！」我樂了，找了根電線跑過去，將他牢牢的捆了個嚴實。

年輕人大約二十多歲，他用怯懦焦急的眼神瞅著我，不滿的咒罵：「該死，今天早晨我才救過你們。沒想到你們居然給我下絆子。什麼人啊，媽的恩將仇報。果然爺爺說的都是對的，千萬不要做好人好事。」

「屁話多。那家零食店的陷阱，分明是針對你的。我們才慘，險些做了你的替死鬼。」我也罵起來。

年輕人頓時住了嘴，顯然自知理虧。

「客氣話我也懶得說了。」我喘著粗氣，用手槍在他臉周圍比劃了幾下：「你知道我是誰嗎？」

這傢伙的眼珠子一直順著我的槍口移動：「兄弟，小心走火！」

我呵呵兩聲：「你不認識我？那麼，兄弟，有沒有覺得我眼熟？機場見過的！」

他瞅了我兩眼，之後繼續瞅我的槍，「既然都是熟人，咱們也有點熟人的德行。把槍收起來好唄？」

「救命恩人先生，尊姓大名？」我問。

雪珂被我們各說各的，完全沒方向的對話給弄煩了。翻了翻白眼，居然直截了當的在旁邊脫起了上衣。

那年輕人摸不著頭腦的看著脫衣娘，衝我道：「你女人腦袋有問題啊。外國妞真有意思，見人就脫，果然和電視裡演的一樣開放。」

「開放你個頭。」雪珂露出了自己雪白的背：「給我看清楚。」

看稀奇的年輕人本來還樂呵呵的，但當曲線優美的背部出現了鬼臉詛咒後，他整個人就再也笑不出來。瞪大眼，渾身抖個不停。

「鬼臉咒！」驚訝的語氣背後，是恐懼。

我眼睛一亮，拽著他：「你果然知道些什麼。」

「你家女人是怎麼被詛咒的？我沒聽說耳城這小地方有外國妞啊。」他嘆著氣：「詛咒都長這麼大了，快沒救了。」

「這也算大。」我不無得意的掀開了T恤，自己都不知道自己在比什麼。一張碩大無比的鬼臉頓時出現在背部皮膚上，駭人得很。那雙反射著青銅光澤的眼，已經睜開了一大半。吊死鬼似的眼珠子，也露出了一半，正一眨不眨的死盯著他看。

那神秘年輕人「媽呀」一聲，嚇得癱軟了，「怎麼可能有如此大的鬼臉，真虧你現在還活著！不，不對，不如說都被詛咒成這模樣了，你都沒死。簡直難以置信，你還是人類嗎？」

我狠狠看著他，「好了，大家已經自我介紹過了，都熟悉了。你也該介紹一下你自己了吧。鬼頭錢，還有那鬼臉詛咒，到底是怎麼回事？！」

自己掏出手機，將鬼頭錢和鬼臉符的照片調出來，放在他眼皮子底下。

「用槍比劃人家，這叫哪門子的自我介紹。真客氣！」他撇撇嘴，但顯然，當視線接觸到那些照片時，渾身都抖了幾下。

我眼睛又是一亮，對雪珂吩咐：「把前因後果簡單的說給他聽。」

「他可靠嗎？」雪珂反問。

我苦笑，「我們沒時間了。這傢伙看起來雖然確實不可靠，但是，顯然也有人想要他的命。」

年輕人聽到這兒，臉驚恐的抽了抽。

雪珂沒再反對，真的是簡單的三言兩語，從希臘沃爾德的古堡說起，將事情精簡到了哲學的程度。不過這傢伙還是聽懂了，聽完後，他久久沒有平息，顯然是嚇得不輕。

「我靠，老子差點居然還搞出了國際新聞。」憋了半天，他眼淚汪汪的憋出了感動。

「所以，我們已經先開誠佈公了。老子缺乏耐心。」我重新用槍在他眼前比劃：「把你知道的說出來。你是誰，發生在耳城的事情，到底和你有沒有關係。否則，我們死之前，會拉你一起下地獄。」

膽小如鼠的年輕人低下腦袋，最終不知是不是懾於槍械的威脅，決定向我們說實話，「好吧好吧，總之我已經知道你不是那傢伙的同夥了。唉，該怎麼講呢。這件事，恐怕要從我還處於青蔥年齡，清純如水的五年前……開始說吧！」

神秘年輕人的名字叫張侊。

事情，確實要從五年前說起。

那一年，他和爺爺的車隊，接到了一筆詭異的大買賣！

第十章 詭異的買賣

五年前，那時候的張侊確實還很青澀，也沒那麼油嘴滑舌。

「明天就開機器，準備收割。」爺爺磕了磕旱菸袋，無奈的對打穀隊中的眾人吩咐後，回到帳篷。

他不聲不響的發懵半天，隨後看了張侊一眼，用沙啞的聲音道：「那個姓張的村長，有問題。」

「什麼問題？」張侊問。

「他不像是要我們收割莊稼。」爺爺將旱菸袋中的菸灰磕掉。

張侊皺了皺眉，「那他想幹什麼？」

爺爺沉默了一會兒：「不知道，或許是要挖老礦！」

「老礦」是收割隊的土話，指的就是古墓。當把頭，這一輩子總會在替人收割莊稼的時候，找到許多奇奇怪怪難以形容和理解的東西，不小心遇到古墓更是稀鬆平常。

「你說張村長想要盜墓？」張侊吃了一驚，隨後又搖頭：「不像，哪個盜墓的敢這麼明目張膽，包了整座山地的田，讓我們開荒。」

「我總覺得這件事透著古怪。不尋常！不尋常！」爺爺嘆了口氣語重心長的道：

「總之小心點好，眼下合同都簽了，荒是要繼續開的，開荒後多在人後待著，不要跑前邊去。如果挖到了古怪東西，不要碰，掉頭快逃。」

張侊低著頭，有些不以為然。爺爺見他聽不進去，也沒有多說話。兩個人就在這狹窄的帳篷裡各自背對背的睡覺了。

張侊家世世代代都一直幹著打穀隊的行當，這種職業其實早在一千多年前的唐朝就有了，多是受了兵災和饑荒的流民們自發組建的，流竄在神州各地。

小麥和水稻，依據種植地區不同以及時間、溫度、高度等原因，收割時間會有很大的差異。這就給流竄在神州各地的打穀隊提供了生存的機會。

最早期的打穀隊就像是短工，幫農人收割各種作物，只要給口飯吃飽就行。久而久之，打穀隊也像是各地馬幫以及茶馬古道上的馬駝子一般，有了嚴謹的規矩和禁忌。

其實這世界哪裡都不太平，有許多稀奇古怪，很難解釋的事情。打穀隊走的地方多了，自然會遇到各種狀況，稍有不慎就會死得莫名其妙、不明不白。

再來說說張侊吧，大學畢業，一直沒找到工作，所以回了老家。爺爺辛苦賺錢供他讀書，就是想讓他別再幹這種行當，辛苦又玩命。可是這世道，誰說得清楚。或許這便是命吧。

總之，在家裡閒著也是閒著，所以張侊就跟著爺爺的打穀隊走南闖北，見識到了許多至今都難以想像難以理解的東西。囉嗦了這麼多，就乾脆先說說他家的歷史。

張侊家的打穀隊根據族譜記載，已經有四百多年了，遵循著一條嚴謹的作物成熟路線。隊上每一個人都是四百年前原班人馬的遺老遺少。因為年代久遠，幾百年來都四海為家，究竟祖籍在哪，沒人能說清楚。現在的戶口雖然掛在四川的某個鄉里，但那個村中除了爺爺修起的幾間茅草房外，便空無一物。他們也很少回去。

打穀隊每年都不停的走遍中國各個鄉鎮，居無定所。以往隊上的青壯年往往是拖家帶口，妻子、兒女、老爹老媽通通都在板車上吃喝睡覺，這些年因為科技進步，形勢好了很多。

爺爺說夜路走多了，總會遇到鬼。打穀打多了，也會遇到很多危險。可張侊總是不以為然，直到前些天，他們突然接到一筆據說不錯的買賣。

事後想想，詭異的事情就是從那筆買賣開始的。

而事情的開端，要從幾天前看到皮狐子燈說起。

皮狐子燈，在西南地區的方言裡，是紅狐狸的意思。許多人看到這裡會很疑惑，狐狸有什麼好奇怪的，雖然現在城市人很少看到，但鄉下的很多地方一抓都是一大把。可爺爺的故事中，有些狐狸，真的很詭異。

張侊家的打穀隊三天前接到工作，準備去四川昆山山腳下的一處農村幫著收割小麥。還記得是五月，當時天氣很熱，烈日曬得身上的皮膚都起了層油水，難受得很。國內的環境就那樣，看地理位置，富有的地方富得令人羨慕，窮的鄉村就僅能飽腹，辛辛苦苦一年好不容易才能攢點小錢。

太窮的地方打穀隊是不會去的，因為農民出不起錢，寧願自己累一點。太富的地方自己有自己的機具，而且村裡都有補貼，去了也白搭。打穀隊的生存之道就是找那些不富不窮，村裡大量勞動力到城中打工，只留老人的小村鎮。

張侊家的打穀隊一共有十七輛收割機，還有兩輛中型貨車。收割機上是按照家庭分配，所有人長年累月吃住都在收割機上。貨車用來拉生活用品，也是臨時廚房，打穀隊一般是大半年都在路上奔波，找事做。所以通常不住店，也不在外邊找吃食。

貨車上的執勤廚師便會負責把飯做好，到了飯點，打穀隊裡每個人拿著飯盒去車上打菜打飯，伙食也算不錯。

第一次看到皮狐子燈，就是在那個叫做寒家村的一處古塚上。半個月前村裡就有人主動聯絡上打穀隊幫忙收割，趕完上一場工作，車隊就馬不停蹄的開過來了。

穿行在村道中，路兩旁全是大片金黃的麥田。就在這時，張侊偶然偏過頭，看到了一大群有著火紅毛皮的狐狸，這些狐狸就站在路邊，前爪離地，像人類似的站著一動不動，不知道在幹什麼。牠們的毛皮漂亮得令車上的許多女性尖叫，烈日下，彷彿一團團的火焰在燃燒著。

這些紅狐狸根本不怕人，每一隻都站在一座古墳頂端，牠們的眼神冰冷冷的看著車隊。不知為何，第一次看到狐狸的張侊並沒有欣賞，而是被這些小畜生的眼睛嚇到了，連寒毛都豎了起來。

「有點怪。」坐在身旁的爺爺「咦」了一聲，拿出對講機叫道：「停車，都靠邊停下。」

車隊立刻按順序停了下來，下車，一陣風吹在臉上，火辣辣的。不遠處的狐狸依然聚精會神的朝這裡看，絲毫沒有散掉的打算。六爺爺從第二輛收割車裡走下來，他六十多歲，嘴裡咬著旱菸袋。六爺爺雖然是外姓，可資格老，是打穀隊裡的二號人物。

「老張，你幹嘛叫停，寒家村不是馬上就要到了嗎？」六爺爺皺著眉頭問。

「看那些狐狸，讓我心裡悚得很。」爺爺思忖了一下，決定道：「我們不去寒家村了。」

「這個是三娃找的活，你一張口說不去就不去了。他的信譽怎麼辦？你以後還讓不讓他攬活了？」三娃本名趙山，是六爺爺的孫子，跟張侊穿一條褲子長大的，小時候關係好得不得了。可自從他大學畢業回打穀隊，關係就疏遠了。三娃經常有事沒事的找張侊麻煩，弄得他很煩。

雖然張侊十分清楚究竟是為什麼。全都是為了「車把頭」的位置。所謂車把頭，便是打穀隊的領頭，類似馬幫的馬鍋頭。

本來張侊這個打穀隊中唯一的大學生走後，爺爺的位置是應該留給三娃的。可他好死不死的找不到工作回了打穀隊，三娃想上位的可能性也就落空了。

連帶著，就連一直都很和藹的六爺爺也變得處處跟張侒和爺爺作對。這個世界，爭權奪勢的利益糾纏在哪裡都一樣，從未停歇過。

爺爺沉默了一下，隊裡的事必須一碗水端平，偏向哪一邊都不行，容易讓人心寒。他看向那些怪異的狐狸，猶豫再三，接著視線移向三娃，「三娃，這件事透著古怪。那個寒家莊我們從沒去過，村裡人怎麼突然打電話給你？」

「大爺爺，現在網路那麼發達，他們找我們這麼大一家打穀隊有什麼難。」三娃表面恭恭敬敬的回答，但眼神卻很冷。

「行，那這樁生意你負責。」爺爺最終嘆了口氣。

三娃頓時大喜，「謝謝大爺爺，我一定把生意弄得妥妥當當的。」

說完，還不忘朝張侒看一眼，眼中滿是得意。張侒聳了聳肩，並不在乎。說實話，張侒是真的不在乎打穀隊的事，如果不是因為一時間找不到滿意的工作，也不願回來。爺爺或許也因為自己的兒子媳婦死得不明不白的緣故，不願他一輩子都幹這行。

打穀這件事說起來輕鬆，可是走的地方多了，總會遇到不乾淨的玩意兒，水深得很。或許正因為爺爺和張侒這種不明不白的曖昧態度，令張侒在打穀隊裡的威望幾乎等於零，三娃當下一任車把頭的呼聲很高。

許多人都認為他不過是靠著爺爺，在打穀隊裡混口閒飯吃，這輩子也就這樣了，別想有出息。

甚至很多時候，就連張侊自己也是如此以為。可是世上的事情，真的說不準！爺爺將車頭的位置讓給了三娃，開著打穀車插入隊裡的尾巴。三娃和六爺爺趾高氣揚眉開眼笑。暫時讓出車把頭的情況並不常發生，一般是當時的車把頭判斷，覺得對方會比自己做得更好才會將自己的車開入車隊的尾部。而這次買賣的大頭，也歸臨時車把頭所有，這讓三娃不由得欣喜若狂。

張侊有些詫異的望著一臉平靜的爺爺，問道：「爺爺，你想幹嘛？」

「不懂吧？」爺爺眯著眼睛，望向那片位於金黃麥田中的墳塚。車隊呼嘯而去，紅得有些妖異的狐狸們也隨之散開了。這一切，都隱隱透著難以琢磨的壓抑。

張侊看著那些如火焰一般跳躍的狐狸群消失在視線範圍外，輕輕地搖頭：「不懂。」

「虧你還是大學生呢。」爺爺皺起了眉頭：「寒家莊雖然我沒來過，但是昆山地界我還是路過幾次。三十年前這裡狐患嚴重，甚至還有三條尾巴的狐狸精，一到晚上就變成女子模樣，找晚上在土路上行走的壯年男子，勾引他們，和他們交合，借機吸取他們的精氣。被蠱惑的男子被發現時，全都被吸光了血，變得像具乾屍，模樣嚇人得緊。」

「迷信！」張侊十分不屑的用鼻腔噴了口氣。

「嗯，這些雖然是鄉野傳說，很多地方都值得懷疑。但是，空穴來風未必無因，既然那時候傳言得沸沸揚揚，恐怕也有它的道理。」爺爺嘆了口氣：「我記得就因為這個傳說，三十年來昆山附近一直都在打狐狸，見到皮狐子燈就殺。以前遍地都是的紅狐狸，現在就連在荒山野嶺都不容易找到了。今天怎麼會這麼巧，居然能在縣道邊上看見？」

張侊愣了愣，不由得發了個抖，「你的意思是，寒家莊有問題。」

「十之八九，我總覺得不踏實。」爺爺看著他，語重心長的道：「侊兒，進了寒家莊後，覺得有事不舒服，誰也別管，立刻離開。第六感不會騙人的，感到有危險，肯定就會出大事。我們老張家直覺最靈，差了這直覺，我都不知道死多少回了！」

「直覺？」張侊哼聲撇撇嘴，顯然是不信。

爺爺瞥了他一眼，也不再多話。

打穀車裡頓時陷入了一陣尷尬的沉默當中。

沒多久，車隊便駛入了寒家莊。金黃的麥田整齊的在視線中鋪陳開，美得驚心動魄。這個寒家莊地處山中，很偏僻，路況也不好，如果不是打穀車的底盤高，一般轎車還真難駛進來。

映入眼簾的全是麥田，高低起伏，一副恬靜的世外桃源模樣。村口站著幾個人，模樣很是奇怪，很難說是高興還是其他別的情緒。前頭有個七十歲左右的老頭，應該是村長，他跟跳下車的三娃接洽，似乎在安排工作行程。

張侊從打穀車的窗戶居高臨下望過去，村長雖然七十多歲，可是精神非常好，他跟三娃哈拉了一陣子後，和他一起朝著打穀隊後邊走來。

爺爺敲了敲張侊的肩膀，示意他下車：「村長要過來了，我們下去拜堂口。你跟在我旁邊，不要亂說話。」

張侊點點頭，拜堂口在打穀隊的行話中是拉拉關係的意思，簽訂口頭協議。一般都會在一連串的試探中敲定價格。

等兩人下車後，滿臉掩飾不住喜悅的三娃已經來到了打穀車下方。他介紹道：「大爺爺，這位是張村長。」

「張兄弟，我聽三娃說了，我們倆都姓張，三百年前都是一家人。哥我虛長你幾歲，就厚著臉皮稱你一聲張老弟。」張村長一把抓住爺爺的手，熱情的搖了幾下：「早就聽說張老弟的打穀隊西南第一，為人厚道，所以讓手下人幫我聯絡你們。」

「老哥，有什麼事情你發話就是了，我們跑場為的就是掙些辛苦錢。」爺爺說話留了一絲餘地：「當然，打穀子割莊稼我們是一把手，幾百年的老字號可不是虛的。」

「錢的事情好說。」張村長示意身旁一個年輕人，不久後有幾個人便提來一只沉重的大袋子，小心的放在地上。袋子口敞開，露出了一疊疊厚厚的紅色鈔票，隨便看一眼也有十多萬。這些鈔票讓打穀隊的人眼睛賊亮，個個雀躍不已。

「這是二十萬。」張村長頓了頓，又道：「定金。事成之後還有重謝。最少是這個數。」

張村長抬起手，在空中虛劃了個一。

三娃和六爺爺頓時臉都快笑爛了，活是他招攬來的，又是這次的臨時車把頭。一百二十萬的大頭歸他們得，簡直是天上砸了塊大金磚下來。

別說他，就連張侃也吃驚到瞪大了眼睛。

「二十萬的定金，一百萬的尾款。真是大手筆啊。」爺爺是唯一還保持冷靜的人，他盤算著看向寒家莊的莊稼地，微微皺了皺眉頭，「我剛才開過來的時候，順便看了一眼老哥家的村子，田地裡莊稼成熟的不過一半而已，再加上林地多。我們打穀隊的行價是三百一畝，可這寒家莊加起來可耕作的土地也沒有四千畝吧。」

「老弟啊老弟，我這次叫你們過來幫忙，不是為了收割莊稼。」張村長大笑連連，連忙擺手：「而是開荒。」

不知為何，提到開荒兩個字，張村長突然隱晦的笑了一下。

笑容，很是詭異……

張侃至今都還清楚記得，就是那場開荒，挖出了某些可怕的東西……

第十一章　怪異的山頭

「開荒？」爺爺愣了愣。

「沒錯，開荒。」張村長搖頭晃腦的說：「最近有一家外國公司準備在我們寒家莊投資一筆大買賣，包了個山頭，合約上規定我們必須要在十三天內將那座山開荒完。我不就是沒辦法，才想到你們？」

「附近村不是有開荒隊嗎？」爺爺不解道。

「老弟，開荒隊的設備不齊全啊。」張村長嘆了口氣：「你們打穀隊的資料我看過，十七台設備，開一座山足夠了。老弟你就一句實在話，幹，還是不幹。要幹的話，地上的二十萬拿去。咱明天就開工。」

「這個……」爺爺躊躇了片刻，老是覺得心裡有些不踏實，有心想要拒絕。

三娃實在坐不住了，他從小在打穀隊中長大，哪裡不清楚大爺爺的心思。於是瞥了六爺爺一眼。

六爺爺咳嗽了幾聲，笑眯眯的走到張村長的身旁，笑道：「張村長，開荒這活我們打穀隊也是一把手。您放心，我們保證給你開得妥妥當當的！」

「老六。」爺爺瞪了過去。六爺爺已經示意三娃將錢收起來。

「大哥，這次我和三娃才是車把頭，您就好好地等著分錢吧。一百二十萬咧，現在世道不好，半年大家都分不了這麼多。」六爺爺撇撇嘴，含沙射影道：「還好我有個好孫兒，不像某個敗家子，只知道混日子。我看啊，讀大學也沒什麼好，還不如踏踏實實的割莊稼。一百二十萬咧！」

張村長笑瞇瞇的看著打穀隊的內訌，又跟氣得快吹鬍子的爺爺握握手：「老弟啊，明兒個早上我就帶你們去山頭開工，收了錢就要好好做事。我先走了。」

村長走後，爺爺氣呼呼的爬上打穀車，留下了個憤怒的背影。剛一坐到駕駛座，老狐狸就變臉似的，失笑起來。

「爺爺，你沒生氣？」張俒奇道。

「當然，我生個什麼氣。他們倆兔子都能把我弄氣了，真當我白吃了幾十年的乾飯？」爺爺聳了聳肩，大笑不已。

「我就搞不懂了，你都被奪權了，還一副不在乎的模樣。你沒看打穀隊的人看到三娃把錢收起來時的模樣，個個都覺得自己這次發財了。」張俒眨巴著眼，他被自己的爺爺搞糊塗了。

「孫兒，你還嫩著呢。往後看吧，你六爺爺和三娃完全被那個姓張的糊弄了。」爺爺摸了摸鬍子：「有他們受的。來，找塊地方，我們搭帳篷。」

「有什麼好高興的，三娃受罪，我們打穀隊一樣沒好果子吃。」張俒還是沒搞清楚爺爺究竟想要幹嘛。

爺爺神秘的笑了笑，「你的心不在打穀隊，自然不清楚我想要做什麼。孫子，我知道你不想幹這行，遲早有一天要走的。不過做爺爺的，總歸還是要給你留下些東西。」

「安啦，我又不在乎，您老健健康康的活著貽害萬年就行了。」張侊撇撇嘴，扛著車後邊的油布和支架下了車。

打穀隊的眾人在趾高氣揚的三娃的指揮下，按次序搭建起帳篷。作為此次的車把頭，六爺爺的帳篷理所當然的在中心位置。而張侊被有意無意的排擠到了外圈，爺爺沒有多說什麼，等張侊搭建好帳篷後，這才晃悠悠的獨自跑去寒家莊閒逛。

張侊拿了一本小說在帳篷裡看，等到吃完晚飯後許久，爺爺才回來。他滿嘴的酒氣，回了帳篷後，整個人都顯得有些憂心忡忡。

「怎麼了，爺爺？」張侊問。

「沒什麼，早點睡吧。」爺爺臉也不洗口也不漱，就倒在床鋪上睡大覺。張侊嘆了口氣，熄了燈也睡了。明天一早還要幹活，睡得早是保持體力的最佳方式。

夜色瀰漫了整個帳篷，不時有許多不知名的蟲蟲鳥鳥與夜行性動物在遠處發出古怪的聲音。

不知過了多久，正當張侊迷迷糊糊時，卻感覺爺爺推了推他。輕聲問：「孫兒，睡著了沒？」

「剛睡著，被你弄醒了。」張侊抱怨道。

爺爺不聲不響的發懵半天，隨後看著黑洞洞的帳篷頂，用沙啞的聲音道：「那個姓張的村長，有問題。」

「爺爺，你老是疑神疑鬼的。我看這樁買賣挺好的，每個人能分到的也不少。」張侊不以為然。

「你不懂。」爺爺嘆了口氣：「昆山地界也有許多怪異的地方，你知不知道昆山的金頂？」

「當然知道了，不過門票可貴了，你給的零用錢又少。我大學就在成都讀，都沒敢去。」張侊抱怨著，他打了個哈欠，有些睏。

「你爺爺我走南闖北半個多世紀了，什麼沒看過。這昆山廣為流傳著一個神奇的傳說。很有趣！」爺爺也不管自己的孫子想不想聽，自顧自的說道。

「該死，又要講故事了。」張侊不情不願的半撐著身體想要借尿遁偷溜，結果被爺爺一把拽住。

「昆山，綿延一百多公里，無數的山巒起伏。現在倒是旅遊勝地，不過在古代，就有一個不知道是真是假的傳說。到現代成為了景點後，也有許多神秘之處。據說在熙熙攘攘的遊人間，偶然會有人透過千佛頂的層層雲海，看到些怪東西。似乎是一座形狀類似鬼臉錢的古墓。」

「爺爺，你就愛講一些鄉村野史、盜墓奇遇什麼的嚇唬我。」張俒搖晃著腦袋，心裡盤算早點存夠錢離開這個打穀隊，去大城市再找找工作機會。

爺爺也笑道：「我這也不是隨口說說罷了。」

「睏了。」張俒敷衍著，出帳篷撒尿後迷迷糊糊的繼續翻回床上睡覺。而爺爺的眼睛賊亮，一直看著帳篷的頂篷發呆。

許久後，他翻過身愣愣看著熟睡的張俒，低聲喃喃道：「張兒啊，你爹媽就是因為打穀隊進了一個小村子，在收割莊稼時發生了詭異的事情，才死的。就算打穀隊在我手中斷掉，也不能再讓你幹這行沒有前途奔波忙碌的行當了。唉，話說這寒家莊，真古怪啊。又讓我想起害死你爹媽的那個村子囉……」

一夜無話，第二天一大早，三娃就敲著盆子將大家吵醒了。將就著吃了早飯，張村長帶著一個長相很斯文的年輕人過來。這個年輕人大約二十多歲，與三娃和張俒的年齡相仿。

村長指著那位年輕人，「這位就是買下我們寒家莊一整座山頭的大公司的負責人，姓劉，劉曉偉劉教授。大家叫他劉教授就好——」

「等等！」故事講到這兒，我突然打斷了張俒，「你確定他的名字叫劉曉偉！」

「非常非常確定，那個混蛋的名字，我死都不會忘掉。」張俒說得咬牙切齒，似乎跟那位年輕的教授有著深仇大恨。

我的眼睛閃爍了幾下。劉曉偉！沃爾德教授死之前提到過這個名字，據說正是他要了自己。原來如此，原來如此。看來事情，真的早在五年前就已經開始謀劃了。

劉曉偉的勢力，到底想要在那片黑土地中找什麼？

我示意張俒繼續講述下去。

那傢伙撇撇嘴，再次開始說發生在自己家打穀隊的恐怖遭遇。

「劉教授會檢查打穀隊的開荒情況。人家教授可是有大學問的人，儒雅，很好說話，有什麼情況和困難找他就好了。」張村長笑呵呵的說著話，心情非常不錯，似乎從這筆收購中得了不少好處。

「劉教授好，嘻嘻。」還沒等爺爺開口，三娃已經卑躬屈膝的跑上前，使勁握住了劉教授的手，「我是這次開荒工程的負責人，您的事就是我的事。有什麼儘量吩咐，以後有生意了，也請多多照顧。」

劉教授面無表情，也沒說話。三娃有些尷尬，搖了幾下手後，傻笑著又看向張村長：「村長，您是不是該帶我們去準備開荒的山頭了？」

「馬上，馬上就好。」村長看了看劉教授，見他點頭後，這才道：「走吧，出發。那山頭離村子有段路，最近集合村民修了條便道，你們車的底盤都高，過去應該沒問題。」

車隊在村長的帶領下浩浩蕩蕩的朝寒家莊東邊的土路行去，土路彎曲，很難走，花了半個多小時才到地頭。

張侊和爺爺從打穀車上望過去，這座山呈現包子狀，坡度不陡，面積也不是很大。開荒難度不高，機械加人力，如果順利的話三天就能搞定。三娃在打穀隊的人氣旺也是有原因的，他這個臨時車把頭有模有樣的先跑到山上去看了看地形以及植被情況。

畢竟打穀隊雖然到各地打穀，但是農閒時幫人開荒的經驗也不少。開荒和打穀用到的刀片不一樣，對開荒地植被的狀況也有很嚴格的要求。

有大樹的地方，是無法開荒的。不過這座模樣像是包子的山頭顯然屬於容易開荒的類型，山中最大的植被也不過是脆弱的半人高灌木罷了。最奇怪的是，也就只有這座山沒有明顯的樹木，就連野草都顯得營養不良。

而相隔不遠的山地，哪怕土質再差，樹木都很茁壯。

爺爺也來到山腳下，抓起一把土放在眼皮子底下瞅了瞅，又用鼻子聞了聞，不由眉頭大皺。

張侊眨巴著眼，問：「爺爺，你又裝神弄鬼了。」

「怪，太怪了。」爺爺滿臉的皺紋幾乎都皺在一起，「這座山上全是上好的黑土，可居然長不出大樹，就連草都是最賤的土蒿草。」

「可能是土質偏鹼，植物長不出來。」張侊嘗試著用大學時學過的知識解釋。

「我看不對。」爺爺搖搖頭：「而且寒家莊周圍的土都是紅泥，只有這座山是黑的。彷彿整座山的土都是從百多里地外的成都平原運送過來的。」

「怎麼可能，誰會花那麼大的人力物力將土運送到這個窮鄉僻野來，簡直是吃飽了撐著。」張伲不以為然。

「古代有些有權有勢的人幹吃飽了撐著的事還少嗎？」爺爺將手裡的土撒向空中，風一吹，滿手的黑土就飄揚著掉落到地上。

土落在土蒿草上，被刺眼的陽光一照射，竟然反射出妖異的漆黑光澤。

劉教授跟村長比劃了一下，然後掏出個羅盤模樣的玩意兒到處測量著。他看著這個山頭的眼光嚴肅而且無比認真，生怕測錯了一公分。

爺爺偷偷打量著他，一整天都沒有說話。打穀隊將帳篷搭建在了山包下邊，三娃轉述村長傳達的要求，然後看著爺爺，示意他下命令。

定金已經收了，買賣就一定要做下去，否則幹這行的信譽也毀了。爺爺無奈的嘆口氣，衝眾人喊道：「明天就開機器，準備收割。」

他磕了磕旱菸袋，飯也沒吃就回帳篷了。張伲在作為廚房的打穀車上盛了一盒飯菜，幫爺爺端了進去。

只見爺爺坐在床上，翻著一本泛黃的舊本子。

「這是什麼？」他好奇的問。這本子張伲從小到大看到過無數次，可是每次問，爺爺都沒有回答。

這次也沒例外，爺爺將其收了起來，看著天邊漸漸燒得火紅的晚霞，不語。

就在那晚，一團濃得猶如老人的黃痰般的霧氣，在寒家莊附近的某一處所在，瀰漫開來……

不知何時，一層黃色的薄霧縈繞在包子山周圍。那層霧薄得用肉眼很難看清楚，再加上夜色的遮蓋，更加的不引人注意。

霧氣越過山包，轉入了山腳下的帳篷，將所有人籠罩。

帳篷裡，爺爺整個晚上都沒有睡著，他翻來覆去，讓本來睡得很沉的張俒也失眠了。

「爺爺，你就不能停一會兒？」張俒撓著頭從板床上撐起上半身，不滿道。他拉開蚊帳看了看帳篷外的世界，已經很晚了，只剩皎潔的明月在勉強的照亮外界。不遠處的包子山朦朦朧朧的，猶如蒙著紗，明明近在咫尺，偏偏無論如何都看不清楚。

這讓山上的一切更加神秘了。

「俒兒，我昨天在村裡逛了逛，打聽了一下。不過有些話要說出來了，你又要講我老頑固、太迷信了。」爺爺不停的嘆氣。

張俒咕噥著，「說吧，您老的半截話不說完，我整晚都別想睡。」

爺爺摸了摸鬍子，「你知道當地人將張村長要我們開的包子山叫做什麼嗎？」

張侊搖頭，他雖然年紀輕輕，可是沒太多好奇心。這輩子也沒太大的理想，恐怕這傢伙最大的願望就是找個漂亮老婆，結婚生子，離開沒什麼好回憶的打穀隊。

「當地人將這裡稱為不濕山。傳說這座山上的黑土從來不會被水打濕，無論多大的雨，水滲透進泥巴裡，很快就消失得無影無蹤。而泥土的表層被風一吹，又乾透了。」爺爺緩緩道：「千百年來，有許多人在這座山上開荒想要種莊稼，可是沒有糧食作物能撐到抽葉。莊稼種下去，第二天就會枯黃，第三天便會死掉。怪得很。」

「那一定是土裡有毒。」張侊不假思索的說。

「不錯，我也這麼猜測。」爺爺皺眉：「可好好的黑土地，怎麼會有毒呢？人為的，還是……」

「自然界裡有毒的土地多得很，沒什麼好大驚小怪的。」張侊懶洋洋的回答。

「你爺爺我吃過的鹽巴比你喝過的水還多，我看這地界有些不簡單。」爺爺也從撥開的帳篷透氣孔向外望，只有幾十公尺距離的包子山無論如何都看不真切，可怪異的是，遠在十多公里外的昆山數個山峰，倒是能在月光的映照下隱隱看到輪廓。

爺爺的眼神閃爍不定，他已經搞不清楚自己究竟是不是該藉著這件事打擊老六和三娃在打穀隊中的聲望，還是排開眾議，下令離開這令他驚疑不定的古怪地方。

「最近我眉頭老跳個不停，恐怕是有禍事要發生。」爺爺將視線收回來，不聲不響的發懵半天，隨後嚴肅的看了沉沉欲睡的張侊一眼，用沙啞的聲音道：「那個姓張的村長，有問題。可問題最大的，還是負責開荒的那個劉教授。」

「劉教授也有問題？」張侊對那沉默寡言的劉教授實在沒什麼印象，他只是覺得爺爺越來越大驚小怪了。

「他不像是想要我們收割莊稼。」爺爺將旱菸袋中的菸灰磕掉。

張侊皺了皺眉，「那他想幹什麼？」

爺爺沉默了一會兒：「說不清。或許是要挖老礦！」

「你說劉教授和張村長想要盜墓？」張侊吃了一驚，隨後又搖頭：「不像，哪個盜墓的敢這麼明目張膽，包了整個山地的田，讓我們開荒。」

「我看，這整座包子山，都像是個古墓。那麼大的手筆，就連填埋用的土都是從幾百里外運來的平原肥沃黑土，埋的肯定是皇親國戚。」

「整個四川歷代皇親國戚都能用十根手指數出來，他們的陵墓也全都找到了。我看，爺爺你是想多了。」張侊不以為然。

「我總覺得這件事裡透著古怪。不尋常！不尋常！」爺爺仍舊繞口令般這麼嘀咕著，隨後重重嘆了口氣，死死的看著自己的孫子：「小心點為好，眼下合約都簽了，荒是要繼續開墾的，侊兒，你必須要答應我一件事。」

見爺爺的表情凝重，用命令的語氣在說話。張侊心不在焉的點點頭：「您說，我聽就是了。」

爺爺開口道：「開荒後多在人後待著，不要跑前邊去。如果挖到了古怪東西，不要碰，掉頭快逃。」

張侊敷衍的點頭。

爺爺見他聽不進去，一把拽住了他的胳膊：「侊兒，你是我唯一的親人了。你的父母死得不明不白，我不想再白髮人送黑髮人。我要你發誓！」

張侊這才認真起來，發了個誓後，爺爺才作罷。

兩人沒有多說話，就在這狹窄的帳篷裡各自背對背的睡了。

天矇矇亮的時候，帳篷裡的打穀隊成員開始逐漸起床洗漱，山腳下熱鬧了起來。黃色的薄霧被山澗外洩露出的朝霞一曬，彷彿被踩了尾巴的貓似的，邪裡邪氣的縮回了包子山深處。

早晨七點半，春夏的陽光曬得人暖暖的，山麓裡的冷空氣被驅散，張侊伸著懶腰拿著飯盒準備吃早飯，剛一抬頭，就看到劉教授拿著羅盤和一些從沒見過，古董似的儀器在不遠處認真的測量。

雖然那些測量儀器，張侊一個都不認識。他見劉教授離自己很近，就靠過去探頭好奇的看了一眼。劉教授手中的羅盤刻著玄妙的古樸文字，造型別致，似乎很值錢。

羅盤上的磁石指針足足有三十多個，密密麻麻的遍佈在那個直徑不足十公分的羅盤表面。

羅盤側面，還有沒被磨乾淨的青銅。張侊皺了皺眉頭，這玩意兒，一看就知道是哪個古墓裡剛挖出來的。難道眼前長相平凡的男子，背後的勢力真的想要盜墓？

劉教授警覺性很高，他面無表情的緩緩轉過視線看向張侊，用低沉堪比磁鐵的聲音問：「感興趣？」

張侊點點頭。

劉教授沒開口，將羅盤塞進他手裡。張侊連忙接過來，那一瞬間，他只感覺雙手如同被千萬根針扎入，掌心發痛，沒幾秒就發紅發腫，他甚至能聞到自己的手傳來陣陣腐爛的惡臭味。

張侊嚇得魂飛魄散，連忙把手中的羅盤扔出去。劉教授手一揚，羅盤重新回到了他手中。這混蛋大聲笑著，用嘲諷的眼神看他，「小夥子，不該看的別看，不該拿的別拿。好好做事！」

看著這沒比他大多少的劉教授大笑著離開，張侊氣得一口氣堵在肚子裡，狠狠的踩著地上的土。

再看自己的手，還是那副原本的模樣，沒有腐爛，也沒有被針頭扎出千百個針眼。剛才是怎麼回事？錯覺？

可那痛苦的真實感覺，仍舊清清楚楚的映在心底深處，完全沒辦法忘掉。一個青銅羅盤罷了，怎麼會讓人產生幻覺，太不可思議了！

張侊氣歸氣，但他沒辦法報復，只能沮喪的早飯也沒吃，縮回了帳篷裡。

爺爺似乎從透氣孔看到了一切，拍了拍他的肩膀，「你做得很好，有些氣一定要忍。」

「哼，那個龜兒子，我當他是我放的一個屁。」張侊逞個嘴快，罵道。

「那劉教授比我想的更不簡單，神秘得很。一個跟你一般大的人，語氣老氣，做事老氣橫秋，彷彿比我還滄桑。太不正常了。」爺爺目不轉睛的望著遠處劉教授的背影：「你最好離他遠點。」

張侊點點頭，剛才的痛楚令他心悸。不過年輕人又有幾個能真的受得了這股莫名其妙的惡氣的。他咬著嘴唇，心裡暗自盤算，要給那個劉教授好看。

早飯時間過了沒多久，就聽到三娃用擴音喇叭大喊道：「都出來開工嘍。」

張侊和爺爺對視一眼，一同走了出去。包子山的開荒作業，終究還是開始了。而沒有人知道，就連爺爺也沒有猜測到，一場無法想像的災難，正在朝所有人慢慢襲來……

張侊幫爺爺將打穀機的刀片換下，重新裝上了一付適合山地割草用的利齒刀。在柴油引擎刺耳的轟鳴聲中，車發動了。他爬上車，坐到副駕駛座，不遠處，六七輛同樣型號的車也啟動，緩緩朝著包子山駛去。

他仍舊心有餘悸的不時看著自己的手掌，剛才的經歷至今都深深的印在腦子裡，完全沒辦法消散。

車駛上了山坡，震耳欲聾的尖銳響聲隨著車身的震動而越演越烈，打穀車開過的地方，地上的草和不多的灌木全部被翻開，拋了出去，只留下黑漆漆在陽光下泛著妖異色彩的裸露地面。

七輛打穀車緩慢的朝著劃定好的方向開，可沒過多久，突然聽到右邊車上有人在尖叫，然後那輛車就熄火了。

「怎麼了？」爺爺停下車，拿起對講機問。

「我好像輾到了什麼東西，刀被卡住，熄火了。」那輛車上是王嬸和她的老公周蛋。周蛋三十多歲，有個五歲的女娃。他自小就跟著打穀隊走南闖北，見識也算不少，是個遇事很鎮定的人，但現在的語氣卻在發抖，似乎受到了驚嚇，「一群火一樣顏色的動物，使勁的朝我打穀車的輪子撲。」

爺爺看了張俒一眼，示意他跳下車看看情況。

張俒一聲不吭的下了車後跑過去，剛接近周蛋的打穀車就傻眼了。只見數百隻皮狐子燈前仆後繼的從附近的山林裡跳出來，牠們火紅的皮毛在陽光下如同著火似的，每隻狐狸都低著腦袋翹著尾巴，目的明確的朝打穀車衝過去。

那輛打穀車的利齒上沾滿了紅狐狸的血，殘破不堪的屍體飛得到處都是。但狐狸們卻依舊不依不饒的朝停下的車輪上撲，用細小的身體撞擊車身。可巨大的打穀車哪裡是牠們能夠撼動的。

不過一大群紅色狐狸圍繞著一輛高達五公尺的打穀機，還是讓人驚奇不已。

張俒壯著膽子從地上撿起一根樹枝，揮舞著想要將狐狸們趕走，一來避免讓牠們繼續送死。二來也希望工作能繼續進行。

但是這些狐狸死心塌地的就是不走，張開嘴，露出口腔中尖銳的牙齒，全都朝張俒望過來。還有一些威脅似的從喉嚨裡發出難聽的尖叫聲。

張俒頓時怕得後退了幾步。別看狐狸身體小，可是上百隻還是很可怕的。他暗自犯咕噥，不是說四川的紅狐狸已經屬於瀕臨絕種的生物受到國家保護嗎，哪裡冒出來這麼多？

三娃聽到聲音也跑了過來，他看到那些紅狐狸，先是一愣。然後從自己的車上拿出一把氣槍，填入鋼彈，朝當頭的那隻狐狸開了一槍。狐狸應聲斃命，他得意的揚了揚槍桿，準備繼續填彈開槍。

似乎頭領被擊斃了，紅狐狸沒再那麼硬氣，牠們亂竄著四散開，眨眼間就失去了蹤影。

「還是三娃厲害。」周蛋見危機解除了，大聲讚揚道：「打穀隊的未來就看你了。大爺爺家的孩子，唉，我看也就那樣了。」

三娃嘿嘿笑著，冷眼瞥了張俔一眼，滿臉受用的表情。張俔撇撇嘴，也不太在乎。他在打穀隊裡的人望本來就差，晚上讓周蛋一宣傳，本來還因為爺爺的關係站在自己這邊的少數人，也要掂量一下了。

不過，誰在乎呢。他張俔本來就不屬於這裡，存夠了錢，終究還是會離開的。

周蛋的打穀機重新啟動後，繼續朝前方開去。不知今天是不是沒有拜神，還是哪裡犯了太歲，沒過多久，在北方作業的李揚家的打穀機又出了狀況。

爺爺再次看了張俔一眼，張俔不情不願的下車，慢吞吞的走到出事的打穀車前。李揚家的打穀機型號比較舊，但是輪子比普通的大。現在半台打穀車都陷入了黑土裡，人向前傾斜得嚴重。

他湊過去看了幾眼，覺得很奇怪。車輪陷得很深，如同下邊的土突然軟化了般，變成了爛泥。張俔用腳踩了踩塌陷的邊緣。李揚急得破口大罵，看到張俔漫不經心的在看熱鬧，頓時將開罵方向轉移到了他身上。

「你個龜兒子，看什麼看，還不趕快叫大爺爺過來想辦法。就你這副熊樣，也只夠靠著你爺爺吃點閒飯。有時間看熱鬧，還不如多學學人家三娃。免得你爺子死了，餓死在路邊。媽的，龜兒子。」

李揚罵得很難聽，張俔眼睛一翻，正想回嘴。猛地他看到黑漆漆的坑中冒出一絲濃濃的黃色霧氣。

那霧很薄，周圍的風根本吹不散。黃濁濁的煙霧在陽光下很不顯眼，霧慢悠悠的彷彿活了般，在陰影中飄進打穀機的駕駛室，然後飛速刺入李揚的鼻孔中。

罵得正起勁的李揚猛地打了個噴嚏，骯髒的鼻涕四濺而出，糊了一大塊擋風玻璃。

張侊瞪大眼睛，他指著李揚，想要提醒他有什麼東西跑進鼻孔裡，可是平時挺聰明的腦袋現在空白一片，不知道該怎麼說出口。

這時候躲在一旁看熱鬧的三娃覺得差不多了，這才笑嘻嘻的，從暗處走出來，一副急出汗的模樣，大聲喊道：「李哥，怎麼不小心把車都陷進去了，當心晚上回去嫂子罰你跪搓衣板哦。」

「屁的，三娃，正說你呢。你看我該怎麼辦？」一見到三娃，李揚的臉就陰轉晴了，看也不看張侊，一副冷處理的嘴臉。

「還怎麼辦，做兄弟的當然要先顧著你了。」三娃拍拍胸口，仰著下巴，冷笑道：「我又不是某個吃閒飯的人，放心，馬上調幾輛車幫你拉出來。」

「那就趕緊點。這地也是有些古怪，好生生的，突然就塌了下去。」李揚滿意的點頭，兩人有意無意的忽略張侊。

張侊也不是熱臉貼冷屁股的人，他生著悶氣離開後，腦子裡仍舊在不斷回憶著剛才的一幕。怪了，剛才從塌陷處冒出後，竄入李揚鼻孔裡的黃色薄霧究竟是什麼鬼東西？

回憶起爺爺昨晚的話，他心裡隱隱冒出了一絲不祥的預感。該不會真的如同爺爺所說，這次的買賣，有問題吧？

帶著疑問，整天張侊心裡都不踏實。白天很快就在忙碌中過去了，包子山的開荒也進行了將近一半。說來也怪，李揚的車被拉起來後，塌陷的泥土也隨之恢復了正常，有幾個好奇的打穀隊成員在上邊又踩又跳，也沒發現鬆軟的跡象，周圍的土地也沒有絲毫異樣。

有好事的開了一輛小車過去，車輪很輕鬆的從泥土上輾過，沒有下陷。劉教授似乎指示過三娃，所以他興沖沖的跑去報告。那個令張侊恨得牙癢癢的劉教授馬上就走到恢復了原樣的塌陷處，沉默著看了許久，天快黑盡時，才搖著腦袋嘆著氣，一臉鬱悶的離開。

張侊與爺爺的預感沒有錯，第二天一早，可怕的事情就發生了。

李揚，慘死在帳篷裡。

現在回想起來，初露猙獰的禍事，就是從這個清晨開始的！

第十二章　錢幣之墓

李揚確實死得很慘，早晨被自己的婆娘李燕發現時，他婆娘還以為哪裡漏水了。黑暗中，摸了一手濕滑。李楊的女人沒反應過來，下了床穿衣服。她老聞到一股怪味道，不由得大罵打穀隊的廚子是不是買了爛肉，臭味都進了帳篷。

隨手將濕滑的液體到處擦了擦，李燕拉開帳篷門走了出去。迷迷糊糊的洗漱，突然發現水缸裡泛起了一層紅暈，仔細看了看，那層紅很怪異，像是顏料。

「誰把顏料灑水缸裡，缺德死了。」李燕氣惱的衝周圍人罵道，這一罵就引起了別人的注意。看到她的人突然指著她的身上和臉，一臉呆滯。

「沒見過美女啊。」李燕得意的挺了挺乾扁的胸口，以為最近買的豐胸藥有用，胸圍倍增明顯到讓人發現了。

「妳身上，還有妳的臉，是怎麼回事？」終於有人緩過氣，緊張的問。

李燕疑惑的低頭看了一眼，頓時嚇得險些暈過去。只見她的衣服和醜陋的臉上，全被塗上了紅色，鮮豔詭異的紅，顯眼得很。

眾人中有機靈的跑進她家的帳篷看了幾眼，出來後面無血色的喊道：「糟糕，李揚他，李揚他沒氣了！」

「怎麼可能！」打穀隊的人大驚，被吵醒的爺爺和張侊也走出帳篷過來看究竟。爺爺鐵青著臉將帳篷門打開，只見李揚橫屍在床上。他死得很古怪，身上沒有任何傷痕，就是肚子鼓脹得厲害。比孕婦的肚子還大，剝開單薄的衣服，甚至還能看到肚皮上青筋暴露，血管裡的血像漿糊似的，已經變了顏色。

血，居然變黑了！

爺爺沉默著，許久後才疲倦的揉了揉太陽穴，向張侊吩咐：「打電話報警。」

打穀隊鬧騰起來，每個人都在談論著李揚的死亡。有人說他最終死在了女人肚皮上。也有人說他撞了邪。更有人迷信的說，李揚被千年狐皮子燈引誘，吸光了精氣。昨天看到那麼多紅狐狸，不要命的朝打穀車衝就是證明。

爺爺好不容易才將大家的惶恐不安壓下去。很快太陽就路過了半個東邊天際，沒人敢開工，可警察也沒來。

三娃見打穀隊絲毫沒有開工的打算，不由得急起來，「人死都死了，我們按職災處理，以打穀隊的老規矩賠償。大家繼續工作啊，我們可是簽了合約，一個禮拜必須將包子山的荒開墾完。歇一天可會違約的。」

爺爺看了三娃一眼，瞇了下眼皮，沒開口。張侊心裡暗自吐槽，這傢伙簡直鑽進錢眼裡了，好友死了都不假裝悲傷一下。

很快張村長和劉教授就趕了過來，不知是不是錯覺，當劉教授看到李揚的死狀時，張侊居然看到那傢伙萬年不變的撲克臉上，突然出現了一絲驚喜的笑。

笑容很快就如幻覺似的消失不見。

劉教授看了三娃一眼，又看向爺爺，「快開工，你們的人跟我簽了合約，一個禮拜沒完成，就要賠償我五百萬。」

圍攏在一起的隊員全都張大嘴呆住了。

爺爺狠狠瞪向三娃，「瓜娃子，這種約你也敢簽。」

三娃低頭尷尬道：「包子山又不大，我以為一個禮拜足夠了。約都已經簽了，我們——」

「算了，開工。」爺爺沒再多說，讓張侊通知眾人將李揚的死放下繼續工作。大家帶著陰鬱的心情，在有可能面臨巨額賠款以及對三娃的痛罵中忙碌起來。一天很快就過去了。

可怕的是，來到包子山的第三天早晨，又有一個隊員死了！

這次死掉的是李揚的老婆李燕。兩個臭味相投就連姓氏都相同的夫妻在打穀隊裡雖然人緣不好，可是一起死了，也讓許多人心裡暗暗升起一種兔死狐悲物傷其類的感觸。

李燕死時的模樣跟她的老公一模一樣，肚子脹大，沒有受傷的痕跡。全身的血液凝固，青筋暴脹。

透過皮膚和血管，甚至能看到黑色的血液如同牙膏似的塞滿管道，將皮膚撐了起來。李燕張大嘴，似乎喉嚨裡有什麼在她死前爬了出來，雪白的牙齒露在空氣中，將整個帳篷都映得充滿詭異。

打穀隊的所有人都惶惶不安起來，昨天好不容易才壓下的流言蜚語再次更加強烈的反彈。

爺爺和張侁檢查了李燕的屍體，照例保留現場，然後報警，可警方仍舊怪異的沒有出現。張侁暗自腹誹，電影小說裡都提及各國警察是反應最慢的政府組織，看來還真是這樣。

三娃一臉陰鬱，隔著帳篷看了看被白布蓋著的李燕，又看了看張侁。陰陽怪氣的大聲說：「奇怪了，真是怪了。怎麼好好的一家兩口人，才一天多的時間居然死了個乾淨？」

他身旁的跟班張力眼神閃爍了幾下，會意的大聲接嘴，「昨天我看到有人跟李揚起爭執，會不會是有人借機報復。」

「不會吧，誰會因為一些小口角大開殺戒，弄得人家家破人亡？」三娃裝出吃驚的模樣。

「人心隔肚皮，誰又知道別人腦袋裡的齷齪。我看老實人幹大事呢，平時最不聲不響的傢伙，最容易不聲不響的殺人。」跟班張力冷哼了幾聲：「我看哪，李揚和李燕一定是被人投了毒。身上一點傷痕都沒有，死得那麼可怕，不是有目標的投毒是什麼？」

他們那麼明目張膽的含沙射影，昨天李揚破口大罵張侊的事情整個打穀隊都心知肚明。

張侊再也忍不住了，不顧爺爺暗中示意，破口罵起來，「三娃，張力，你們就明說是我跟李揚有爭執，是我投的毒得了。我張侊忍你們很久了，老子再齷齪也沒你們倆齷齪。你娃明明想轉移大家的注意力，免得自己的好買賣泡湯。別以為我真的是炮灰，可以任你們揉捏！」

三娃指著他，對周圍人聳了聳肩膀道：「我可沒說他投毒，是張侊他自己承認的。大家來看啊，明天我也死了的話，大家可就清楚兇手究竟是誰了。」

「夠了，潑婦罵街似的，丟臉不丟臉。」爺爺大吼一聲：「你，還有你，回自己的帳篷面壁思過去。不用開工了，今天每人寫一張悔過書晚上交給我。其他人愣著幹嘛，再湊熱鬧李燕和李揚也活不過來，給我收拾好開工去。」

「爺爺，明明就是他在找碴——」張侊剛一抗議，就被爺爺打斷了。

「滾進帳篷去，滾！」爺爺狠狠瞪了他一眼。

很有威信的爺爺吼叫過後，任打穀隊眾人再惶恐不安，也只有照著辦。大家帶著懼怕心態繼續包子山的開荒工作。

張侊被關在帳篷裡，氣得一整天都沒吃飯。晚上悶聲悶氣的吃了些爺爺帶回來的便當，仍舊憋屈得慌。

「很難受，對吧？」爺爺對他說。

張侊使勁的點點頭。

「難受就對了。」爺爺拍拍他的肩膀：「男子漢大丈夫，你也不小了，該清楚什麼該忍，什麼不該忍了。」

「可三娃一直在針對我。」張侊委屈道。

「廢話，要是你夢寐以求的位置快到手時，卻臨門一腳被人橫刀奪愛了，你也好不到哪去。」爺爺哼哼幾聲，「這件事上三娃沒有錯，你也沒錯。以後我會給他好看的，現在你再忍一忍。」

「我已經忍夠了。」

「忍夠了也得繼續忍。」爺爺武斷的再次打斷他，「現在隊裡莫名其妙的死了兩個人，不能再亂上加亂了。」

張侊微微皺眉，嘆口氣，岔開了話題：「爺爺，李揚夫妻倆究竟是怎麼死的？」

「不知道，跟中毒很像。但我用銀針探入他們的喉嚨，針沒有變黑。唉，這兩天太古怪了。希望別再出大事！」爺爺顯得蒼老了許多。李揚的父親對他們張家有恩，臨死前將李揚託付給他照顧。故人最後的骨肉橫死，最不好受的便是爺爺。

「我看那劉教授有古怪。」張侊吞吞吐吐的猜測道：「他看李揚和李燕屍體時，居然在陰笑。」

「別猜了，是福不是禍，是禍躲不過。總之我還是那句話，他劉教授再怪，也給我離他遠點。」

「知道了。」張侊點頭，多一事不如少一事的道理他還是明白的。爺爺不說他也準備跟劉教授保持距離。昨天早晨接過羅盤時千萬根針刺入的劇痛感，至今仍舊難忘。

沒有再多話，帳篷裡很快響起了爺爺疲倦的呼嚕聲。張侊睡不著，掏出手機看了看時間，快要午夜十一點了。

他悶得慌，於是決定出去溜達一圈。

剛上了包子山，就看到兩個黑影在遠處的月光下鬼鬼祟祟的交談著。張侊皺眉，眼睛一轉，偷偷的屏住呼吸，躡手躡腳的溜了過去，想要聽個究竟。

沒想到這一聽，居然聽到了一個無法想像的可怕消息！

月清如水，將包子山照得透亮，山包已經被清理出了一大半，露出了大片黑漆漆的詭異黑土。月光一照，山上的每一寸土地都像是浮著一層黑洞，吸收著光芒。

張侊的視力從小就很好，他躲在一叢還沒清理掉的半人高灌木後，很快就認出不遠處兩個人究竟是誰。

不是別人，正是爺爺嘴裡嚷嚷著非常可疑的劉教授，而他身旁的，居然是一個外國老頭！

「有眉目嗎？」外國老頭張口就是流利的漢語，普通話說得比自己還標準。

劉教授點頭，「快挖到了。」

「快點。我研究了一輩子，就是為了找到能令希臘恢復到千年前雄霸歐洲的辦法。如果尋常的方法辦不到，我就只能借助超自然的力量。」外國老頭一臉的狂熱，「這傳說中的千錢墳，是古中國最大的錢幣之墓。如果真的能將下邊的寶物挖出來，萬鬼運財術的道具，就集齊了。」

「義父，您對我有大恩。哪怕粉身碎骨，我也會替您將墓底的東西挖出來。」劉教授尊敬的說：「這點義父大人，請您放千萬個心。」

「對你，我當然是放心的。」外國佬拍著劉教授的肩膀，對自己的這個東方義子很滿意。

張俔小心翼翼的趴在地上偷聽，越聽越覺得這兩個傢伙的目的不簡單。啥錢幣之墓，啥千錢墳，啥萬鬼運財術。完全像古代神怪故事中的專業術語。

可是劉教授的耳朵實在是太靈敏了，敏銳得根本不像人類。他突然用鋒利的目光朝張俔躲藏的地方瞅過來：「誰！」

無論是五年前還是五年後，張俔都一樣的膽小。他被劉教授厲聲一吼，頓時慌了手腳。沒命似的拔腿就逃。

這一逃，完全壞了事。

劉教授哪裡肯罷休，挖千錢墳得很隱密。如果被政府知道了那還得了。他自然是掏出手槍，提著槍就追。

兩人一前一後，一個逃一個追。沒想到居然跑到了包子山的最頂端。一直以來不明所以的開荒已經將包子山上的土層削去太多，終於在一個最薄弱的位置，土層崩塌。這兩傢伙同時掉了下去……

張侊講到這兒，居然停了下來。

「沒了？」我瞪眼。

那傢伙搖頭，「肯定是有下文的，不過篇幅不夠，要長話短說了。」

「什麼叫篇幅不夠，你當你在寫小說啊？」我腦袋上飛過一條黑線：「給我繼續講！」

從他的故事裡，我聽出了許多的東西。靠，張侊嘴裡的外國老頭，應該就是沃爾德。沒想到沃爾德教授就是挖掘包子山的幕後主使，劉曉偉劉教授居然是他的義子。不對啊，那最後沃爾德怎麼說劉曉偉坑了他？

「如果想聽後續，那就先幫我解決外頭的難題吧。」張侊指了指外邊：「那些混蛋已經追了我很久，不管躲哪兒，都會被找到。」

果不其然，我聽到一陣腳步聲從遠至近傳了過來。有人罵罵咧咧，一邊大聲說話，一邊揮舞著手中的武器。

大量金屬碰撞聲在進門處響個不停，還真是肆無忌憚。

「劉百剛，你說那小子是不是就藏在裡邊？」其中一人聲音很稚嫩，不過語氣流裡流氣，八成是個混混。

沒過多久，一群混混帶著一個書呆子氣的高中生出現在我們面前。他們個個手裡拽著鋼條，等看清楚不遠處被捆著的張侊和站在一旁的我和雪珂時，明顯沒有心理準備，全都愣了愣。

「愣什麼，那捆著的傢伙就是張侊！抓住他！」叫劉百剛的學生扶了扶自己的眼鏡，大聲喊道：「只要抓到他，劉教授就會幫我們解開詛咒！」

小混混們頓時來了精神，陰笑著往我們跑過來。

我撓了撓頭，對準他們的腳底下，懶懶的開了一槍：「都不准動！」

槍響後，所有人全懵了。

「我操你劉百剛全家，你可沒說那傢伙有同夥，而且還帶槍。」小混混嚇得頓時不敢再亂動。在槍枝管制嚴格的國家，槍械總能威嚇不熟悉槍枝的人。特別是小城市的混混。他們見識不多，腦子裡根本就沒想過，槍械的大小，是和子彈數成正比的。

自己手裡的槍，或許已經沒子彈了。

叫劉百剛的高中生也被嚇了一大跳，他下意識的舉起手，哭喪著臉：「冤枉啊。

我只能從牆上的那個孔看到他的行蹤，怎麼可能知道這混蛋有同夥，還有槍。」

紅髮的雪珂當我的幫兇已經當得駕輕就熟了，在耳城的這幾天，自己和她的關係也緩和了許多。荷蘭小妞沒等我吩咐，就找來許多電線，將蹲在地上的闖入者一個個捆起來。

那捆綁手法，嘖嘖。有SM的潛力。怪不得有人說，每一個書呆子都是一支潛力股。

「你就是劉百剛？」我瞇著眼睛，饒有興趣的看著這高中生。

劉百剛眼神閃爍了幾下，「你認識我？」

「不認識，不過耳城南邊有一個巷子，巷子裡有一面牆，牆上有一個小孔。孔下邊，你的留言挺有意思的。」我淡淡道：「那些影印紙，是你貼的吧？利用人的好奇心去偷窺，然後讓他們中了某種詛咒。」

劉百剛臉色發白，矢口否認，「不是。」

我撇撇嘴，沒再繼續說下去。這傢伙慌張的表情已經完全出賣了他，身後這一群小混混，說不定就是被他坑過的。

廢舊工廠裡，被捆綁著扔在地上的人足足有十個之多。自己從他們的臉上一個一個繞了一圈，最終再次停留在了張侻上。

「危機解除，繼續你的故事吧。」我一邊說，一邊走到小混混們的背後，掀開他們的衣服檢查。只見每個人在背部的不同位置，都有一粒散發著青銅光澤的鬼臉。

鬼臉的大小不一，甚至比雪珂身上的都要小得多。不過有一點最讓我在意，無論大小，鬼臉上的眼，張開的幅度大致上是相同的。

不知為何，前段時間鬼臉的眼睛是緊閉著的。可三天前，自從這詛咒第一次將眼睛開出一條縫後，眼睛就越睜越大。今天幾乎就要全部睜開了。

「最多再五個小時，鬼頭錢的詛咒，就會全部爆發，到時候再也沒人能夠阻止劉曉偉那混蛋了。」張侻似乎知道我在想什麼，語氣有些泛苦。

我皺了皺眉，「這究竟是什麼意思。那個劉曉偉，到底想幹嘛！當鬼臉的眼睛全睜開了，又會發生什麼事？」

「這些小混混追了我許多天了，也罷，劉曉偉大概也瞞著他們。如果我們真的沒救了，至少聽了我的話後，也能死個明白。」張侻面露掙扎，最終毫無關聯的說了這麼一句話：「知道聚寶盆的傳說嗎？」

所有人，都呆掉了。

聚寶盆的傳說，這混蛋咋就突然將劇情扯到了八百里遠的地球之外了？

我沉默了幾秒，總覺得他不會無的放失，「聽說過！」

廢話，聚寶盆的故事，作為中國人怎麼可能沒聽說過。人類對錢的欲望，自從創造出貨幣後，就從來沒有消退過。其實相同的故事，在所有的文明都滋生茁壯。畢竟能夠突然發橫財，輕易擁有無限的金錢，是所有人的夢想！

而中國的所謂的聚寶盆的故事，只是全球夢想發橫財的古人們編撰出來的其中之一而已。

「聚寶盆真正的故事，起於明朝洪武年間。我調查了很久！」張俔繼續道。

故事是這樣的：

據說沈家村有個財主沈萬三，家有土地九頃，雇用長短工十多人。有一年逢大旱，草木幾乎枯死殆盡，這時沈萬三家中的割草傭人，每天都割一捆油綠鮮嫩的草，日子長了，沈萬三感到很奇怪，就問傭人，「天這麼旱，怎麼割來這麼多好青草？」

當時，他沒把割草的地方如實告訴東家。沈萬三一連幾天，跟在割草人後頭偷看，見他每天都在沈家村北一華里處的沈家橋底睡覺，睡到中午無人時，才去村北牛蛋山上割草。

一天，沈萬三強令割草人領他去割草的地方，一看嶺上有一片圓形的草地上長著綠油油的草，於是就讓割草人割，割後隨即又長出來了，割得快，長得快，沈萬三感到很奇怪，左思右想明白了，此山西南靠鳳凰山，鳳凰不落無寶之地，第二天帶著兩人到那裡挖出了一個鐵盆。

後來沈萬三買了一頭豬用它餵豬，豬長得很快，把豬殺了以後，就用此盆洗手洗臉，一次沈萬三的兒媳婦洗臉時，不慎把一戒指丟進盆中，越撈越多，沈萬三知道後，認為此盆是件好東西。

當時傳說山上有個看寶洞，洞內有看寶的毛人住在裡面，自從沈萬三得寶後毛人就走了。洞內三間屋大的空隙，至今尚存。沈萬三得寶後，借助寶盆的財力。為村民打了七十二口井，鋪路架橋造福村民。

數年後，長江決口，朝內推測某個地方一定出現寶貝，皇帝下告示「誰若能堵住長江決口，就賜誰高官厚祿」，沈萬三知道後，揭回告示，帶著聚寶盆來到南京與皇帝講好條件，皇帝隨口答應「四更借、五更還」。

沈萬三來到決口處，拿出「聚寶盆」往盆內放一把土，放到決口後，立即堵住決口。然後，沈萬山去朝內討取高官厚祿，並在五更時去取「聚寶盆」，誰知道等到天明，才打四更鼓，據說這是皇上為了騙取寶物將五更改到四更，南四北五的說法由此說起。

沈萬三到朝內就被扣住，問他得寶的情況，並說他得寶不獻，罪該萬死，前輩該斬，後滅九族。

後又把沈萬三家的墳墓掘成了坑。沈井村的百姓聽說沈萬三得寶不獻，犯了滅門之罪。有的外逃，有的改名換姓，沈家從此絕後，沈家村的水井也被填平。

後來，遷此定居的人們，為了不忘沈萬三的恩義，流傳後世，永不泯滅，又把該村易名為沈井村，但至今沈井村沒有一家姓沈的。

聽到這裡，我突然明白了過來。猛然間打了個抖。

千錢墳！錢幣之墓！聚寶盆！沈家村！耳城。

一件件在耳城中發生的怪事，都在自己的大腦中盤旋，攪成亂麻的線索似乎也逐漸開始找到了突破口。

李薇被五萬買命錢買了命，身體潰爛。吳老頭家的零食店，之所以最中間架上的貨物會不停的複製，不正和聚寶盆中的劇情，很相似嗎？

我只感覺喉嚨發啞，許久後，才艱難的說出了一句話：「你的意思是，你們打穀隊開荒的詭異包子山下邊，就是埋葬沈萬三的墓？傳說中的聚寶盆便在墓中？」

張俍的臉色陰晴不定，最終點了點頭。

「這怎麼可能！」我不停搖腦袋，「世界上怎麼可能真的有聚寶盆，根本不科學嘛！」

張俍嘆了口氣，「一開始我也是不信的。可是，劉曉偉教授和那個外國老頭顯然已經注意這裡很久了。這是劉曉偉親口告訴我的。他說，根據史料記載，沈萬三當時所在的沈井村早已經不可考據了。現在有許多所謂的沈井村都在為聚寶盆的典故申請世界遺產，但是，沒有一個是真正的沈井村。

「史料記載，沈萬三的住宅在沈井村東南角。而耳城的寒家莊，在大躍進時期，一個劉姓村民在平整土地時，挖到了一口神秘的井。

「那口井深十二公尺，直徑一點五公尺，水位二點一公尺，石砌結構完整，表層風化變黃。不過由於當初的政治環境，這件事並沒有流傳出去。但是劉曉偉教授的義父，也就是那個外國人，據說對中國的歷史和神話傳說非常熟悉。

「當時外國老頭就在耳城附近做研究，聽說了這件怪事後，跑了過來。可是來了之後，卻發現那位挖出神秘井的劉姓村民，居然死了，死狀非常古怪。他的手摸到過井口的某個部分，接著手的細胞便不停增生。

「村民的手長個不停，不斷的抽取他身上所有的營養。

「那外國老頭親眼看到劉姓村民的手長得有一座小屋子大，可怕得很。老頭感覺非常的不可思議，也不知存了什麼心，之後就將暴斃的劉姓村民的兒子收養了。

「那個養子，就是現在的劉曉偉劉教授。

「劉曉偉一直很聰明，他長大後知道了自己親生父親離奇死亡的怪事，便回到了耳城不斷研究，希望找出真相。最後，真的被他給找出答案來。

「那個劉曉偉親口對我說，當年自己親生父親挖過的這口古井就是沈萬三用過的水井。

「據他說，歷史傳言『聚寶盆』堵住長江決口後，沉入了現在的南京中華門底部。可是，那並不正確。因為民國時期，國民黨當局聽說沈萬山的『聚寶盆』有可能在中華門底下，就下令挖洞取寶，結果挖了能住一個連的大洞也沒找到寶盆。

「據此，劉曉偉教授認為，真正的聚寶盆，沈萬三根本就沒有拿出去過。仍舊還留在沈井村。而既然真正的沈井村就是他的故鄉寒家村，也就意味著，聚寶盆，就在他的故土中，埋藏著！

「他花了大量的時間計算，最終確定了聚寶盆的真正位置！歷史記載，沈井村北牛蛋山的小丘嶺上因為聚寶盆的存在，至今仍舊留著一個坑，填埋坑的黃土一晚過後就變成了黑土。可這富有營養的黑土地，偏偏千百年都還是寸草不生……

「而一個人無論是有權了，還是有錢了，總之會為自己修建陵墓的。沈萬三很有錢，據說他為自己修的陵墓，也極為富麗堂皇，甚至神秘無比。野史稱這墓至今未找到、甚至不知道是不是存在的墓穴為千錢墳，又或者錢幣之墓，這肯定是有道理的！

「靠著如此種種，劉曉偉教授終於確定了埋藏聚寶盆的真正位置！」

張侊舔了舔嘴唇，將故事講完了。他的故事，令廢舊工廠中的所有人，許久都沒能吱聲。

「聚寶盆，呵呵，騙小孩咧。」劉百剛渾身都在發冷，實在是這故事太不可思議了！

張侊冷哼一聲：「信不信由你！」

「可你是怎麼知道得這麼詳細的？」我嘴抖了幾下，不知道該相信，還是不相信。

「劉曉偉那混蛋親口告訴我的啊。我們一起掉進了包子山中，那個埋藏著聚寶盆的千錢墳塚。本以為根本不可能活著出來，一個人死的心都有了，自然話就多了。」

張侊開口道。

他的話有些道理。

「所以說，其實一開始你和他是一夥的？」我問。

張侊沉默了一下，「不錯。我們在千錢墳裡，確實找到了聚寶盆。不過那聚寶盆，卻不如傳說中一樣，真的是一個盆子。居然是一個詭異石龜揹著的黑色箱子般的怪玩意兒。黑色箱子裡只藏有兩枚鬼頭錢，一個是臉的正面，另一個則是反面！」

「那，應該就是沈萬三的臉。」

「我和劉曉偉教授遭遇重重危險，最終逃了出來。正面的鬼頭錢被他得到了，我拿了反面的。我們一起欺騙那個外國老頭。因為劉曉偉說，他這輩子最恨的就是那小老頭，人模人樣卻有著惡魔的心。」

張侊頓了頓，繼續道：「鬼頭錢的每一枚，都有不同的用處。劉曉偉拿的那一枚，能夠令物質增多，但帶著莫名其妙的詛咒。而我的這一枚，可以使一個人的金錢運無限擴張。總之不論我幹什麼，這五年都是財運亨通，閉著眼睛都能贏錢！」

「但是劉曉偉卻在追殺你！」我打斷了他的得意。

張侊頓時低下了腦袋，「沒錯。那傢伙是個孤兒，心態很扭曲。不久前，我們的想法有了分歧，於是就分道揚鑣了。本來說鬼頭錢一人一個，互不干涉。但不知道他又發現了什麼，非得將我手裡的背面鬼頭錢搶過去，我不給，他就設下種種圈套，試圖殺掉我！」

我皺眉，「所以說吳老頭是真的死了，而裝成吳老頭的，就是那個劉曉偉教授？他在零食店設下陷阱，拿錢買李薇的命。究竟是為了幹嘛？」

「他不用裝，鬼頭錢帶有詛咒。」張侊冷哼了一聲，「你看看我的手機，裡邊就有那位還不到三十歲的教授現在的鬼模樣。」

我示意雪珂將他的手機打開，只見圖庫中，赫然有一張小老頭的照片，面容枯槁，骨瘦如柴，臉已經皮包骨成了個窟窿，甚至眼眶都深陷下去。活脫脫就如同吳老頭死前的恐怖嘴臉。

「現在他在耳城胡搞瞎搞，但這傢伙沒什麼勢力，又想要保住手裡有聚寶盆的消息。沒有人，但是他有大筆的錢。」張侊說到這兒，突然停住了。

他抬頭，用激烈的語氣道：「快阻止他，否則整個世界的經濟，都會被他玩壞的！」

「什麼意思？」我皺眉。

就在這時，所有背上有鬼臉詛咒的人，全都痛得叫起來。只見背上的鬼臉，發熱厲害，甚至燒破了衣裳。

透過衣服上破掉的洞，只見原本還有一線就眼洞全開的鬼臉，終於將整個眼睛，都睜開來！

就在那一天，世界的經濟，崩潰了！

尾聲

當我們找到劉曉偉時，他已經被鬼頭錢吸食乾淨，甚至連骨頭都千瘡百孔。超自然的物品，無論如何都擁有正反兩面。你利用它，它也會利用你。這也是為什麼，我寧願死，也總是不使用自己找到的，擁有超自然力量的物品。

那兩枚鬼頭錢是否真的是聚寶盆，寒家村是否真的是中國志怪傳說中沈萬三找到聚寶盆的地方。至今，我也沒有頭緒。

有可能是，有可能不是。

但是我卻在寒家村的縣誌中，找到明朝年間，有天外飛石砸中包子山的紀錄。當時一個沈姓鐵匠將天外飛石撿回，之後發現身體逐漸出了狀況。但是沈家也從此開始飛黃騰達，成為當地首富。

沈姓鐵匠以自己的臉做範本，將飛石打為正反兩枚鬼頭錢。明朝皇帝聽聞後，命其將寶物獻上。後，沈家滅門。鬼頭錢不知所蹤……

一切的一切，似乎都和聚寶盆的故事極為相似。

但手握全部資料的劉曉偉已經死了，他知道的東西，也隨著他的逝去灰飛煙滅了，永遠消失在世界上。

張俍雖然看起來好好的，但是仍舊沒能逃脫詛咒的命運。他的財運彷彿被鬼頭錢激發出來，用光了。就此顛沛流離，窮了一輩子。最可怕的是，他，永遠也無法離開寒家村一百公里遠。

這傢伙孤苦伶仃死在了一家銀行的屋簷下，直到第二天早晨才被發現。

他是，餓死的！

這就是得到鬼頭錢的代價。

這一次的事件，並沒有什麼神秘組織參與。自始至終都沒有。一直都是我在沃爾德老鬼的刻意引導下，想太多了。但是耳城卻被兩個暴富的傢伙給攪和成了一團稀泥，這個城市的命運，也隨之崩塌下去。

五年前，得到了鬼頭錢的張俍和劉曉偉教授，不知為何，無論如何都無法離開耳城一百公里。只要一有離開的行為，就會遭到命運的反彈。所以我第一次遇到張俍時，他偷偷將自己的正版鬼頭錢塞入一個乘客口袋裡。

那個乘客最後跳飛機自殺，險些害得全機的人一起喪命。

有了錢的劉曉偉教授一直都不甘心錦衣夜行，他希望在世界的大舞台上幹一番更大的事業。這位有知識，但是內心黑暗的孤兒為了逃出無法離開的詛咒，竭盡全力，翻經閱典。

其實很簡單，如果你把一隻手伸入瓶子裡，抓住了瓶子中的東西。可是瓶口太小，握成拳頭的手，根本抽不出來的話，該怎麼辦？

或許，只能放棄手裡的寶貝。不是拳頭了，自然就能收回手了。可要收回手，就要放棄到手的東西，其實很多人是做不到的。因為不是所有人都懂得放棄。而如果你既想要抽出手，又不想放棄握在手心裡的寶貝的話，又該怎麼辦呢？

劉曉偉的答案是：破壞瓶子！

最後，他那邪門的偏方，搞得附帶在鬼頭錢上的鬼臉詛咒睜開了眼。

他也死得不能再死了。

整件事就此落幕。可仍舊還有太多的謎沒有解開。如縣誌所記載，那天外飛石究竟是啥？為什麼會影響一個人的金錢運，甚至能短暫的影響世界經濟？

還有那只石龜，為什麼所謂的鬼頭錢，會封在它背上的黑色石匣中？畢竟，這和歷史上所謂聚寶盆的傳說並不一致。

當然，這也是我，下一步準備搞清楚的疑惑。自己有個猜測，或許飛石上有某種人類至今無法發現的輻射，詛咒來自輻射；讓物質有自我複製的功能，也來自輻射；影響金錢運，同樣也是輻射的緣故。

看不見的東西，不代表不存在。有些物質，天生就是擁有超越人類想像的能量，違背人類歸納的物理定律。

誰知道呢？

鬼臉詛咒最終沒能把我們怎麼樣，至少現在是如此。

畢竟那詛咒影響的是金錢運。錢本身，是無法令人死亡的。

老男人得到了我上繳的兩枚鬼頭錢，笑得魚尾紋都冒了出來。因為鬼頭錢不知為何無法離開寒家村一百公里，他乾脆在那兒弄了個隱蔽的超自然物體倉庫分部。

我跟雪珂回到了德國，自從鬼頭錢被放入陳老爺子的九竅玉盒後，柯凡森老師的病也好了。

就在自己回到德國公寓的那一晚，門突然被人敲響。只見一張紙條夾在門下的信件口上。

我打開紙條，看了一眼，頓時整個人都怔住了。

信上只有寥寥幾個字：

我是M，你的老朋友。守護女有危險，切斷了你的輪迴的組織得到了他們想要的東西，正在蠢蠢欲動。

如果你相信我的話，去看看時悅穎的墓。

並在三天後的零點零分，踏上東方郵輪號……

我將信揉爛，打開門。午夜的街道上空空蕩蕩的，一個人也沒有。

只有被風捲起的一席淒涼！

The End

夜不語作品 08

夜不語詭秘檔案705：鬼錢

國家圖書館出版品預行編目資料

夜不語詭秘檔案705：鬼錢 ／ 夜不語 著.
一 初版. 一 臺北市：春天出版國際， 2016.03
面； 公分. 一（夜不語作品；08）
ISBN 978-986-5607-21-0（平裝）
857.7 105002638

ISBN 978-986-5607-21-0
Printed in Taiwan

作者 夜不語
封面繪圖 Kanariya
總編輯 莊宜勳
主編 鍾靈
美術設計 三石設計

出版者 春天出版國際文化有限公司
地址 台北市信義區信義路四段458號3樓
電話 02-7718-0898
傳真 02-7718-2388
E-mail story@bookspring.com.tw
網址 http://www.bookspring.com.tw
部落格 http://blog.pixnet.net/bookspring
郵政帳號 19705538
戶名 春天出版國際文化有限公司
法律顧問 蕭顯忠律師事務所
出版日期 二〇一六年三月初版
定價 170元

總經銷 楨德圖書事業有限公司
地址 新北市新店區寶興路45巷6弄6號5樓
電話 02-8919-3186
傳真 02-8914-5524